__________________ 님의 소중한 미래를 위해
이 책을 드립니다.

그래도 가족입니다

내게 가족이 있다는 걸 너무 늦게 알았습니다

그래도 가족입니다

설기문 지음

소울메이트

소울메이트 우리는 책이 독자를 위한 것임을 잊지 않는다.
우리는 독자의 꿈을 사랑하고,
그 꿈이 실현될 수 있는 도구를 세상에 내놓는다.

그래도 가족입니다

초판 1쇄 발행 2013년 8월 1일 | **초판 2쇄 발행** 2013년 8월 5일 | **지은이** 설기문
펴낸곳 ㈜원앤원콘텐츠그룹 | **펴낸이** 강현규 · 박종명 · 정영훈
책임편집 최연정 | **편집** 이현실 · 봉선미 · 이승민 · 김나윤 · 장미연
디자인 윤수경 · 홍경숙 · 여정민 | **마케팅** 김주범 · 박지영 · 김서영
등록번호 제301-2006-001호 | **등록일자** 2013년 5월 24일
주소 100-826 서울시 중구 다산로22길 10, 4층(신당동, 재덕빌딩) | **전화** (02)2234-7117
팩스 (02)2234-1086 | **홈페이지** www.1n1books.com | 이메일 khg0109@1n1books.com
값 15,000원 | ISBN 978-89-6060-291-5 13810

소울메이트는 ㈜원앤원콘텐츠그룹의 인문 · 심리 · 예술 · 사회 브랜드입니다.
잘못 만들어진 책은 구입하신 서점에서 교환해 드립니다.

이 도서의 국립중앙도서관 출판시도서목록(CIP)은 e-CIP홈페이지(http://www.nl.go.kr/ecip)에서 이용하실 수 있습니다.(CIP제어번호 : CIP2013010684)

가족은 최후의 위대한 발견이며
우리의 마지막 기적이다.

• 제임스 맥브라이드(『컬러 오브 워터』 작가) •

우리 모두가 더 행복해지기 위해서

행복이 무엇인지 생각해봅니다.
귀가 순해진다는 이순의 나이를 목전에 두니
행복이란
그야말로 있는 그대로의 내 모습을
인정하고 존중하며 응원해주는 일임을 알게 되었습니다.
부모와 자식,
부부라는 지순한 인연,
이웃과 친구라는 관계 속에서
우리는 인정받고 존중받기를 바라고
조건 없이 내 편임을 깨달을 때
참으로 행복해집니다.

키 낮은 민들레가 코스모스를 질투하지 않듯이
하늘을 바라고 선 해바라기가 채송화를 그윽이 보아주듯이
어린 시절 나보다 큰 우리 집 송아지가

조그만 강아지의 짖음을 묵묵히 들어주었듯이
서로 다르지만 차이를 소중히 여기고
나와 같지 않음을 나무라지 않는 마음이 되면
어느새 바람결에 실려 오는 꽃향기처럼 찾아오는 것이
행복이 아닌가 생각합니다.

욕심과 아집, 말하기 부끄러운 상처가 가득한 짐을
이젠 그만 내려놓자고 다짐할 때
행복은
생명처럼 어느 날 소리 없이 태어나고
나날이 뿌리내리고 잎사귀를 만들고 꽃을 피우며
우리 내면에서
나를 지키고 보호합니다.

아침마다 눈을 뜨면
마음속으로 기도를 합니다.
오늘도 주어진 하루라는 선물은
가슴속 가득히 기도를 만들지요.
삶이 주는 고마움을 함께 나누고 싶어
매일 아침 편지를 쓰듯이 이 글을 썼습니다.

고맙게도
손끝에서 전해진 제 마음이
여러분에게 닿아
함께할 수 있어서 감사했고
힘든 하루를 견딜 수 있는 힘이 된다며
친구의 편지를 기다리듯 제 글을 기다린다는 분들이 계셔서
참 행복했습니다.

초콜릿 같은 달콤함도 사랑이지만
커피 한 잔의 씁쓸함도 사랑입니다.
세모와 네모, 동그라미가 도형이라는 이름으로 불리듯이
서로 다른 우리는
친구라는 이름으로
이웃이라는 이름으로
가족이라는 이름으로
사랑이라는 이름으로 함께합니다.
우리 모두가 더 행복해지기 위해서
늘 서로의 곁에 머물러야 합니다.

함께 어우러져 더욱 빛나는 꽃밭처럼

너와 나도 그렇게 환한 꽃빛의 사람으로

살아가기를 늘 소망합니다.

2013년 유월 수리산 자락에서

설기문

차례

3 가족에게 못다 한 한마디, "미안해, 사랑해, 고마워"

4 가족은 천 개의 슬픔을 사라지게 합니다

5 내가 살아가는 이유는 바로 가족입니다

6 상실의 시대, 가족은 우리에게 위로입니다

7 세상에서 가장 아름다운 선물, 가족

1

●

오늘 가족이 있어 행복합니다

부모 자식 간의 거리를 봅니다.
부모와 자식의 거리가 한 뼘일 수도
혹은 천리만리일 수도 있구나 싶습니다.

사랑에는
적당한 거리가 중요합니다

우린 어떻게 사랑해야 할까요?
사랑이 식어가고
사랑이 멀어지고 있습니다.
우린 헤어져야 하는 것일까요?
예전엔 정말 사랑했었는데….

아쉬움과 눈물,
그리고 안타까움 속에서 한숨이 늘어가는 부부들….
부부 상담이 날로 늘어갑니다.
이혼을 진지하게 고려하는 부부가 많아지는 듯합니다.
서로 사랑을 원하지만
어떻게 사랑해야 할지 모르겠다는 사람들이 많아집니다.
말하는 사람도 안타깝고 답답하지만
듣는 사람의 마음도 참 아픕니다.

사랑을 확인하고, 나날이 사랑 속에서 살고 싶다는 사람들….

고슴도치 딜레마가 생각납니다.

추운 겨울날, 산속에 살고 있는 두 마리의 고슴도치는
비바람 불어오는 추위를 견디기 위해
서로 가까이 다가갈수록 상대편의 가시에 찔리게 되고
다가가지 않으면 추위를 견뎌내기 힘들어집니다.
고슴도치는 서로에게 가까이 다가갈수록
가시에 찔리는 아픔과 상처를 느끼고
떨어질수록 추워지고….
적당한 거리를 유지하지 못한 고슴도치는
얼어 죽고 말았다는, 쇼펜하우어의 우화가 떠오릅니다.

화려한 장미 꽃잎이 깃든 곳에는 커다란 가시도 함께 존재합니다.
우리는 누구나 나만의 가시를 가지고 살아가는지도 모르겠습니다.
내가 만들어내는 무수한 가시들과 상대가 만든 가시들 속에서
나날이 상처받고 피 흘리며 살아가는지도 모르겠습니다.

때때로 간섭도 가시가 되고

믿고 나눈 이야기가 상처로 돌아와 가시로 박히기도 하고
사랑이라는 이름,
사랑한다는 이유로 만들어온 가시들도 무수한 듯합니다.

나와 그 사람이 서로 온전히 더욱 사랑하고 깊어지기 위해서는
너무 가까이 다가가는 것보다는
적당한 거리에서 바라볼 수 있음이 더욱 지혜로울 것입니다.
적당한 거리는 우리를 객관화해주기도 하고
적당한 거리는 나를 좀더 객관적으로 보는 기회도 만들어줍니다.

사랑한다면,
적당한 거리를 두고 어깨를 나란히 하고 걸어가도 좋겠습니다.
적당할수록 오래 오래 깊이 사랑하고
이해하고 함께할 수 있을 것입니다.

나는 나로서, 그는 그로서….
충실한 자신의 몫을 할 수 있는 거리를 허용해주세요.

공감은 기적을 부르는 원천입니다

"그랬구나."
"힘들었겠다."
"놀랐겠구나."
"그래, 나라도 그랬을 거야."
"그렇게 생각할 수도 있겠다."

힘겨운 마음 보따리를 풀어내는 사람에게
혹은 무언가 실마리를 찾고 싶어하는 사람에게
지치고 고독한 마음 달랠 길 없는 사람에게
이렇게 공감만 해주어도
그들은 스스로 답을 찾아냅니다.

"그게 아니야."
"이렇게 해봐."

"에이, 이것 하나도 제대로 이해 못 허?"
"안 돼."
"지금 잘못 생각하고 있어."
"내 말 들어."

이런 충고는
말하는 이를, 또는 듣는 이를
더 외롭게 하고
더 고독하게 하고
더 무능하고 바보 같은 사람으로
몰아가기도 합니다.

모든 답은 우리 안에 있습니다.
스스로 답을 찾을 수 있도록 가만히 들어주세요.
가만히 기다려주세요.
미소 지으며
기다릴 수 있다고,
천천히 하라고 말해주세요.

가슴속에서 맴도는 그 말, 이제 용기가 필요합니다

말처럼 하기 쉽고
말처럼 하기 어려운 것도 없습니다.

세상에서 가장 쉬운 것이 말이고
가장 어려운 것이 '행동으로 보이는 것'이라 합니다.
하지만 참 쉽게 할 수 있는데도
어려워 차마 하지 못하는 말도 많습니다.

팔순을 바라보는 어느 부인은
검은 머리 파뿌리가 되도록 살아왔지만
남편에게서
고맙다는 말 한마디 듣지 못했고
사랑한다는 말 한마디 듣지 못해서
가슴에 맺힌 서운함이 하늘에 닿을 듯하다 합니다.

눈물이 그렁그렁한 그녀의 얼굴을 보며
"그런 걸 뭐 말로 하느냐."라는 남편에겐
행동보다 말이 더 어렵습니다.

아버지가 너무 어려워
아버지 앞에만 서면 주눅이 드는 아들은
아버지의 따뜻하고 정다운 한마디가
평생 그립습니다.
아버지에게서 "괜찮다. 그럴 수도 있지."라는 말과
"아버지가 있잖아."라는 든든한 한마디를 듣기를 바라며
오십을 넘긴 아들도 기억납니다.

말하기 쉬워서
하지 말아야 할 말을 하고, 후회를 하며 살아가지만
정작 해야 할 말은 하지 못하고
입 안에만 머물고
그냥 말하지 않아도 이심전심으로 알아주기를 바랍니다.

용기 내어 말할 수 있기를 바랍니다.
그때 정말 고마웠으며

그때 정말 행복했으며
그때 정말 든든했으며
그때 정말 안아주고 싶었다고….

가슴속에서만 맴도는 그 한마디,
잊지 않고 돌려주고 싶은 한마디를
오늘 용기 내어 들려줄 수 있기를 바랍니다.
겸연쩍은 얼굴빛이어도 듣는 사람은
커다란 선물 하나를
가슴에 안고 사는 행복에 빠질 것입니다.

설레는 고백처럼
가까이 있는 사람에게
내가 못한 한마디를 건네보는 하루라면
참 좋겠습니다.

가슴속에서만 맴도는 그 한마디,
잊지 않고 돌려주고 싶은 한마디를
오늘 용기 내어 들려줄 수 있기를 바랍니다.
겸연쩍은 얼굴빛이어도 듣는 사람은
커다란 선물 하나를
가슴에 안고 사는 행복에 빠질 것입니다.

소통은 치유의 또 다른 이름입니다

말을 해야 알지요.
가만히 입 다물고 있는데 내가 어떻게 알아요.
제발 말을 하세요.

그냥 가만히 있어도 내 마음을 알아주고
조금만 관심을 기울여주면
내가 얼마나 힘들지를 금방 알 텐데
그걸 꼭 말을 해야만 하나요?

내가 이러저러하다고 말하기엔
자존심이 얼마나 상하는지 아세요?
말하기엔 왠지 치사한 것 같고
말하지 않고 입을 다물자니
어쩜 그렇게 내 마음을 모르시나요?

아들과 엄마,
남편과 아내,
직장 상사와 직원,
시어머니와 며느리.
우리는 관계 속에 얽혀서 하루를 살아갑니다.
그 속에서 무수한 말들을 하고
침묵의 순간도 갖습니다.

말을 해야 합니다.
말을 해야만 소통이 됩니다.
정답이 없는 세상은 가끔 답답하고 헷갈립니다.
말이 오고 가는 과정에서
어느 한쪽이 상처를 입고
일방적으로 마음의 부담을 안았다면
다음부터 말의 길이 닫히기도 합니다.
또 다시 입을 상처가 두렵고
한 번 입은 상처가 치유되는 시간도 필요하겠지요.

그래서 말하는 기술은 정말 필요합니다.
어떻게 말해야 하는지가 중요하지요.

상대편의 입장에서 생각하고 말하는 것도 필요하고
말하는 사람의 겉과 속이 같은지도 생각해보고
지금 어떤 생각으로 저 말을 할까에 대해서도
생각해보는 것이 좋으며
왜 나에게 저 말을 하는지와 함께
그 말을 하는 마음의 심층구조를 생각해보아도 좋겠습니다.

말 때문에 우리는 행복하고
말 때문에 그렇지 않기도 합니다.

오늘 하루를 살아가면서
어떤 말로 세상을 밝히고
어떤 말로 내가 소중하게 여기는 이들에게
내 마음을 전달할 것인가를 생각해보아도 좋겠습니다.
혹시라도 응어리진 마음의 매듭이 있다면
시원한 차 한잔 마시면서
그 매듭을 풀어보아도 좋겠습니다.

가족은
무조건 내 편입니다

"난 네 편이야."

"힘내. 나는 무조건 네 편이야."

"괜찮아, 내가 있잖아."

내 편이 있다는 것,
이것만큼 든든하고 힘이 나는 일이 또 있을까요?
누군가의 편이 된다는 것은
그 사람이 잘했기 때문에
그 사람이 한 일이 맞았기 때문에
그 사람이 완벽하기 때문이 아니라
그냥 아무 조건 없이 그의 입장이 되어줌을 의미합니다.

내 편이 있다는 것은,
무조건 내 편이 되어주는

든든한 울타리가 있다는 것은
생각할수록 기분 좋은 일입니다.

심리상담을 받기 위해
상담실을 찾는 무수한 분들은
무조건적으로 자신을 믿어주고
박수를 쳐주고 격려해줄 사람이 곁에 없다고 합니다.
아무도 자신의 편이 아니라고 생각합니다.
가족마저도 자신의 편이 아니며
삶은 절대적으로 고독하다고 말합니다.
학교 부적응 학생들도 역시
아무도 자기편이 없다고 생각합니다.
그런 순간 학교는 지옥이 되고
세상은 외로운 벌판이 됩니다.

우리는 내가 지치고 외로워 내민 손을
아무런 조건 없이 잡아줄 누군가를 그리며
살아가는지도 모릅니다.

오늘 그 사람의 편이 되어주기로 합니다.

무조건 그의 편이 되어주기로 해봅니다.

하고 싶은 말이 아무리 많아도

일단 그의 편이 된 후에 천천히 하리라 생각합니다.

내 아이에게

내 아내와 남편에게

내 친구와 이웃에게

무조건 편이 되어주기로 작정해봅니다.

내가 그의 편이 되어줌으로써

그 사람도 무조건 내 편이 되어줄지도 모를 일입니다.

내 마음을 그에게 내어줌으로써

그의 마음을 내가 가지게 될지도 모를 일입니다.

눈높이 대화는 기본 중 기본입니다

"너무 솔직하게 말하려고 하지 마!"
"정직하게 말하려고 하지 마!"
"있는 그대로, 느끼는 대로 말하려고 하지 마!"
"가능하면 말을 아껴!"

가끔 아내는 아이들에게 이런 주문을 합니다.
솔직하게 말한다는 것이 용기 있는 일이 아니며
정직하게 말하는 것이 반드시 미덕이 되지 않으며
본 대로 느낀 대로 이야기하는 것도
때와 장소를 가려야 하는 것이라고요.

정직하고 솔직하게 자신을 표현하고
있는 그대로의 나를 전한다는 것이
때로는 위험하기도 하고

때로는 본의 아니게
누군가에게 깊은 상처를 주기도 합니다.
솔직하게 해준 말에 어떤 이는 상처받고
정직하게 해준 말에 어떤 이는 멍이 듭니다.

가능하면 말은 적게 하는 것이 좋습니다.
말을 해야 할 때는
즐겁고 유쾌한 이야기나
거짓 없는 말로 상대를 기쁘게 해주면 좋겠습니다.
그 자리에 없는 사람에 대한 이야기는 피하는 것이 좋겠지요.
내 생각이 언제나 진리일 수 없으며
내 판단도 때로는 잘못될 수도 있음을 생각한다면
가슴에서 입으로 나가는 말은
항상 조심해야 합니다.

때로는 의도를 가지고
솔직하고 정직하게
있는 그대로 이야기를 해야 하는 경우도 있지요.
누군가가 내게 진지하게 말해달라는 부탁을 할 때나
잠시 아픔이 되겠지만 금세 약이 될 수 있는

그런 인간관계나 처지에 놓일 때는
용기를 내어 담백하고 예의 바르게 내 마음을 전해야겠지요.

내게 진지한 조언을 구하거나
성실한 조언을 원하는 누군가의 마음이 아니라면
그의 몫은 그에게
나의 몫은 내게로 돌려
상처가 생겨나지 않도록 배려하는 것이
제대로 사랑하는 방법이며
제대로 이해하는 길이 아닐까 생각해봅니다.

내 아이가 나 때문에 아프다면 어떻게 하나요?

부모 자식 간의 거리를 봅니다.
부모와 자식의 거리가 한 뼘일 수도
혹은 천리만리일 수도 있구나 싶습니다.

어제 오후에 심리검사를 받으러 온 가족을 만났습니다.
부모님과 아들과 딸.
심리검사를 실시하기 전 아버님은
딸이 유학을 갔다 온 이후로 이상해서 혹시나 하고 오셨답니다.
아들은 원래 성격이 낙천적이고
자기 생각을 잘 표현하는 적극적인 성향이지만
영특한 딸은 내성적이고 자기표현이 약하답니다.
어릴 적부터 공부 잘하는 딸을 자신의 분신처럼 아끼며
딸을 위해 헌신적인 아빠로 살았다고 합니다.

심리검사를 마친 후

딸은 시무룩한 얼굴이고 아들은 방글방글 잘 웃습니다.

그런데…

참 슬픈 일이 생겨났지요.

아빠가 애지중지하는 딸은

문항이 300여 개가 넘는 검사지를 제대로 완성하지 못할 정도로

집중력과 이해력이 손상된 상태였습니다.

유학생활 내내 부모 없이 홀로 생활해야 하는

두려움과 공포를 견뎌내기 힘들었답니다.

아빠가 지켜주지 않는 세상은 발을 내딛기가 두렵답니다.

그리고 환히 웃는 아들의 결과는 기가 막혔습니다.

우울을 느끼는 수치가 극에 달하고

경계선장애나 정신분열을 의미하는 수치도 너무 높았으며

자살충동 욕구도 지나칠 정도로 높았습니다.

성격 좋은 아들이라고 자랑하시는 부모님 앞에

결과를 보여드리며

어떻게 말을 해야 좋을지 난감했습니다.

조심스레 완곡한 표현으로 결과를 조금씩 이야기하자

아들의 얼굴에서 눈물이 뚝뚝 떨어지고

부모님은 몹시 당황한 표정입니다.
심리검사 결과를 못 미더워하시는데
그 아들이 결국은 조용히 통곡하며 달합니다.

자기가 얼마나 외롭고 힘이 드는지
자기가 얼마나 불안하고 두려운지
자기는 태어나지 말았어야 할 존재이며
자신의 존재는 한 번도 인정받지 못했다고.
늘 아버지가 무서웠고
엄마가 두려웠다고.
아무리 아파도 참을 수밖에 없었고
누나만 바라보며 늘 부푼 기대와 꿈을 꾸는 부모를 보며
공부 못하고 무능한 자신은 비위라도 맞추며
예쁜 짓이라도 하며 살아갈 수밖에 없었다고.

곧 군에 입대해야 한다는 아들은
차라리 군에 가서 대충 지내다가
언젠가 조용히 사라질 것이라고 합니다.
그나마 제가 그 친구를 이해한다고 생각했나봅니다.
그래서 울음이 터졌나봅니다.

심리상담을 받기 위해 마련된 자리가 아니라
단순히 심리검사를 받아보는 자리에서 만난 가족,
아버지의 적극적이고 주도적인 강한 성향이
아내와 아이들의 숨소리를 낮추게 했나 봅니다.

심리검사 결과를 신뢰할 수 없다던 아버지는
아들을 품에 안고 눈물을 삼켰습니다.
몰랐다고
여태까지 너는 참 잘 해내고 있다고 생각했다고
사랑하고 미안하다고….

마음이 안타까운 시간이었습니다.
가장 잘 안다고 생각했던 내 아이의 마음을
가장 잘 모르는 부모가 되기란 생각보다 쉬운 것 같습니다.
너무 믿어도 상처받으며
너무 챙겨도 자생력이 떨어지지요.

내 아이와의 거리는 얼마나 될지
생각해볼 수 있는 시간이 되면 좋겠습니다.

내게 진지한 조언을 구하거나
성실한 조언을 원하는 누군가의 마음이 아니라면
그의 몫은 그에게
나의 몫은 내게로 돌려
상처가 생겨나지 않도록 배려하는 것이
제대로 사랑하는 방법이며
제대로 이해하는 길이 아닐까 생각해봅니다.

마음 다해 사랑하면
가족은 반드시 기억합니다

오래된 친구일지라도
가장 가까운 가족일지라도
손때 묻어 익숙한 내 물건일지라도
끝까지 한결같은 마음으로
정성을 다해야 함을 생각합니다.

오래된 사랑일수록
그것을 더욱 깊어지게 하려면
그 사람을 향한 나의 정성을
포기하지 말아야 할 것입니다.

부모와 자식이라는 지극한 인연도
반듯하게 지켜내기 위해서는
보이지 않는 배려와 예의가 필요합니다.

내 자식이라고 내 마음대로 끌고 갈 수 없고
내 부모라고 내 마음을 알 거라 여기고 무리해서는
그 사랑에 흠집이 날 수도 있음을 알아야 할 듯합니다.

손때 묻은 소중한 물건일수록
더욱 조심해서 다루고
시간이 나는 대로 닦아주고 다듬어주어야 합니다.

아내에게는 스물여덟 해가 된 어린 아기 옷과
스물일곱 해가 된 아기 양말 등이 있는데
그것은 딸아이가 태어나고
아들 녀석이 태어나 입고 신었던 첫 옷과 양말입니다.
아내는 지금도 가끔씩 그것을 꺼내어 바람을 쐬어주고
햇살 좋은 날 해바라기를 하곤 합니다.
그 손바닥만 한 작은 옷을 보며
아내는 무수한 지난 기억들을 떠올리겠지요.
소중한 물건이 그러하듯 소중한 사람 또한
정성을 기울여 지켜야 하는 것이구나 싶습니다.

나와 가장 가까이에 있는

가장 사랑하는 사람.

소중하게 여기는 모든 존재를

배려하고 존중하는 순간

내일도 사랑하기 위한 준비가 되겠구나 싶습니다.

사랑한다면

마음과 몸으로 감사히 다가가야 하는구나 싶습니다.

한마디 칭찬이 오늘 우리 가족을 행복하게 합니다

스물여덟이 된 딸에게
"너는 백설공주보다 더 예쁘다."
"너를 보기만 해도 아빠는 행복하다."
"너는 어쩜 그렇게 든든하냐?"
라고 말하면
딸아이는 언제나 내가 말한 모든 것을 되돌려줍니다.
"아빠가 제일 멋져."
"아빠는 정말 좋은 사람이야."
"아빠를 생각하면 나는 늘 행복해."

일부러 칭찬을 하려 한 것이 아니라
이유도 조건도 없이 딸아이가 예쁜 것입니다.
일부러 칭찬을 받으려고 의도한 것은 아니지만
딸아이는 내게 덕담을 들려줍니다.

우리는 이렇게 서로를 격려하는 습관이 생겼습니다.
그냥 고슴도치 아버지 눈에는 언제나 딸이 예쁘기 마련이고
어릴 적부터 맹목적으로 아빠를 좋아하고 잘 따르던 딸도
습관적으로 한 말일 수 있겠지만
우리가 이렇게 칭찬 주고받기 놀이를 하다 보면
기분이 참 좋아집니다.

나이가 들어갈수록 나를 칭찬해주는 이도 별로 없고
칭찬이다 싶은 말은 들을 때마다
귀밑이 붉어지고 민망해지지요.
그럼에도 이 녀석과의 대화는 늘 행복합니다.
아들 녀석도 마찬가지로 달콤한 언어를 자주 씁니다.
특별히 제게 가장 큰 힘을 주기도 하지요.
가족끼리 이게 뭔 웃기는 짓이냐고
우리끼리 크게 웃기도 하지만
즐거운 시간이며 행복한 시간인 것만은 분명합니다.

입이 잘 떨어지지 않아도
사랑하는 사람에게 아낌없는 칭찬을 해주면 좋을 것 같습니다.
아내에게도

"목련 같다, 함박꽃 같다, 백합 같다."라는 말을 하면
틀림없이 세상의 모든 아내는 하루 종일
꽃이 될지도 모릅니다.
꽃향기를 흩날리는 꽃으로 피어날지도 모릅니다.

남에겐 차마 하기 어려운 오글거리는 칭찬이지만
내 식구에게만은 민망하고 겸연쩍어도
용기 내어 칭찬해주면 좋을 것 같습니다.

내 칭찬으로 가족의 하루가 행복할 것을 생각하며
어떤 칭찬을 해줄까
궁리하는 마음도 행복할 것 같습니다.

지나친 관심은
오히려 독입니다

자꾸 묻지 마세요.
궁금해하지도 마세요.

"밥 먹었느냐."
"더 먹어라."
"왜 이건 안 먹느냐."
"어디 가느냐."
"누굴 만나느냐."
"언제 오느냐."
"뭐 할 거냐."

"…."

제발 그만 물어주세요.

궁금한 것은 몇 가지로 간결하게 묻고
오만 가지 두루 알려고 하지 마세요.
가끔은 설명이 복잡한 일도 있고
가끔은 홀로 가슴에 담고 싶은 일도 있고
가끔은 늘 듣는 소리는 그만 듣고 싶답니다.

아이들은
엄마의 이런 관심이 힘겹고
남편들은 아내의 이런 관심이 달갑지가 않습니다.

그냥 궁금한 것 덮어두고
말없이 편이 되어주며
뭔가 말을 건네면
"잘했다, 고맙다, 그랬구나."
"그럴 수도 있지, 힘들었구나."
"괜찮아, 금방 좋아질 거야."
이렇게 덤덤히 사랑을 해주면 좋겠습니다.

때로는 사랑하는 일이
유행가 가사처럼

지겨울 때도 있나봅니다.

사랑하는 법,
참 어렵습니다.
많이 참아야 하고
못 본 척해야 하고
못 들은 척도 해야 하는데
모든 것이 궁금하니….

사랑하기 참 어렵나봅니다.

2

내게도 가족이 있다는 걸 너무 늦게 알았습니다

사랑은 받는 것보다
주는 것이 진실로 행복한 것임을
깊이 깨달아갑니다.

©김원섭

다른 것은 틀린 것이 아닌 축복입니다

나는 추위를 많이 타고
그 사람은 더위를 많이 탑니다.
나는 겨울바람이 불면 내복을 꺼내 입고
목도리를 두르고 긴 코트를 단단히 여미고
때로는 마스크와 장갑을 껴야만
긴 겨울을 무리 없이 납니다.
때로 눈치가 보이기도 합니다.

그 사람은 춥다는 말은 하지만
얇고 가벼운 옷을 입고
내복이나 장갑은 그다지 찾지 않습니다.
한밤중에도 덥다고 문을 활짝 열어놓기도 하는데
그럴 때마다 나는 감기가 들 것 같아 불안합니다.

그 사람은 사찰음식을 좋아하고
고춧가루가 든 빨간 음식을 멀리합니다.
그리고 아침마다 가장 큰 컵에 커피를 마시고
달리는 차 안에서도 두 눈에 힘을 주어 앞을 봅니다.
나는 얼큰한 매운탕이 좋을 때가 많고
젓갈이 진한 김치가 가끔은 그립습니다.
커피보다는 따뜻한 맹물이 더 좋고
차에 오르면 나도 모르게 잠이 들고 맙니다.

그 사람은 사람에 대해 일단은 지켜보고 분석하지만
나는 일단 모든 사람의 말을 무조건 믿고 봅니다.
그 사람은 주변이 늘 정리정돈되어 먼지 앉는 것을 꺼리지만
나는 어수선한 가운데서도 나름대로 불편함을 모릅니다.
먼지가 있다 해도 내 눈에는 보이지 않지만
그 사람은 그것 때문에 마음이 쓰여
만사를 제쳐두고 그것부터 닦아냅니다.

나는 만사가 다 그럴 수도 있다고 생각하지만
그 사람은 어떻게 그럴 수가 있느냐는 말을 하고
나는 오늘 일을 내일 해도 된다고 생각하지만

그 사람은 미루는 것을 질색합니다.
나는 원칙이 헐렁하지만
그 사람은 반듯하고 견고한 원칙 속에서 살아갑니다.

우리는 모두 이렇게 다릅니다.
서로 다른 상대를 바라보며
하고픈 말 누르고 참으며 세월 따라 하루하루
나날이 도에 이르는 것이 삶인가 싶습니다.
달라서 좋은 점도 있고
달라서 힘겨운 점도 있습니다.

완벽하게 아귀가 맞는 인간관계가 있겠습니까?
그런 헛된 꿈과 희망을 버리고
서로 다른 인연 속에 엮여서
내 자리를 찾고 내 존재를 키워가는 오늘이
참 고맙구나 생각하고 받아들입니다.

그러다 보면 나하고 이렇게 다른 그 사람도
그 사람과 이렇게 다른 나와의 삶이
참 고단했겠구나 싶어서 미안해집니다.

딸에게 배운 진실,
"사랑은 받는 것이 아니라 주는 것입니다."

헤어진다는 것,
차마 헤어지기 싫지만
어쩔 수 없이 헤어져야 한다는 것,
보고 싶은 마음이 하늘에 닿고
순간 눈앞이 뿌옇게 흐려지도록
눈물이 흐르는 것이 헤어짐이라는 것.

이제 헤어져야 할
아름다운 그녀를 생각합니다.
그녀는 이제 결혼을 해 가정이 생겼습니다.
나는 그녀를 그녀의 집으로 보내야 합니다.
올 한 해는 그녀와 함께 행복했습니다.
아침 출근길에 뒷자리에 앉아 재잘거리며 재롱을 떨고
퇴근길이면 가끔씩 아이스크림과 냉커피를 사기 위해

차를 세우고 그녀를 기다리기도 했습니다.
딸기를 좋아하고 주말 브런치를 즐기는 그녀는
제가 눈에 넣어도 아프지 않을
사랑하는 제 딸입니다.

머지않은 날에
그녀는 자신의 가족에게로 돌아갑니다.
고맙게도 긴 세월을 그녀와 함께했습니다.
아빠라는 존재가 그리 벅찰 수 없도록 행복했습니다.
음악을 좋아하는 그녀가 듣던 오케스트라의 화음과
천상의 소리 같던 아리아도 듣기가 힘들지도 모릅니다.
그녀를 보내려는 이 마음이
어찌 이리 시리고 저린지….
딸아이를 보내는 아버지의 이별연가가 얼마나 먹먹한 것인지
그녀는 몰랐으면 좋겠습니다.

아침 출근길의 행복도 이젠 접어야 하고
그동안 그녀가 우리 부부에게 안겨준
행복했던 시간들만 남겨질 테지만
함께했기에 정말 감사하고 고마운 시간이었습니다.

그녀 덕분에

사랑은 받는 것보다 주는 것이

진실로 행복한 것임을 깊이 깨달아갑니다.

돈키호테 같은 남편, 햄릿 같은 아내

돈키호테 같은 아내와 햄릿 같은 남편.
그런 두 사람이 함께 살아가는 모습이
대부분의 가정인가 봅니다.

저는 조금 햄릿에 가까운 사람이고
아내는 조금 돈키호테에 가깝습니다.
그런 두 사람이 서로를 알아가는 시간이
37년이나 지났습니다.
데이트를 하던 시절까지 합한 그 37년의 세월은
결코 짧지 않은 시간이지만
우리 부부는 아직도 서로를 더 알아가는 중입니다.

대통령 선거를 앞두고 태풍의 눈처럼 보이던
안철수 전 후보는

전형적인 햄릿형의 사람이 아닌가 싶습니다.
햄릿은 늘 생각하고 또 생각하는 사람이지요.
죽느냐, 사느냐 그것이 문제라고 고뇌하느라
행동이 불쑥 먼저 나서기가 쉽지 않지만
풍차를 향해 무조건 돌격하는 돈키호테는
생각보다 행동이 앞서고 일단 지르고 보는 사람이어서
햄릿과 돈키호테가 서로를 깊이 이해하기 위해서는
둘 다 많은 노력과 의지가 필요하지 않나 싶습니다.

부부 상담을 하다 보면
때로 저는 혼자 속으로 웃기도 하고 울기도 합니다.
양쪽 이야기를 들어보면
어느 한쪽 입장이 틀리거나 잘못된 부분이 전혀 없지만
한쪽 이야기만 듣다 보면 다른 한쪽은
몹쓸 사람이 되기 십상이지요.

살아온 환경과
몸 속에 지닌 DNA가 결코 같을 수 없으며
교육과 경험을 통해 얻은 철학과 소신, 삶의 목적은
더더욱 쉽게 공감하기 어려울 정도로 서로 다를 수 있지요.

그래서 돈키호테도 외롭고

햄릿은 더욱 외로울 수도 있지만

어느 날 문득 그 사람과 내가 서로 달라서

든든하고 재미있는 삶이었음을 떠올리면

내 맘에 들지 않던 그 사람이

나와 달라서 고맙고

사랑스럽고 친근하게 느껴집니다.

달라야 하고, 달라서 재미있고

달라서 더욱더 다양한 모습의 세상을 보게 됩니다.

오늘 나와 다른 그 사람을

더욱 세심히 살펴보며

응원해줘도 좋겠습니다.

제대로 사랑하는 것만큼 중요한 것도 없습니다

제대로 사랑하기가 정말 어렵습니다.
사랑이라는 것이
내가 주고 싶을 때는 언제라도 실컷
마음껏 퍼줄 수 있는 것인 줄 알았는데
알고 보니 그건 건강하지 않은 사랑 나눔이었습니다.
사랑이라는 말 속에는
기다림이라는 의미도
인내라는 뜻도 포함되어 있습니다.
사랑하기에 모든 것을 준다는 것은
위험한 일입니다.

아이들을 키울 때는
무한사랑이 보약인 줄 알았는데
다 키워놓고 보니

그럴 줄 알았으면 이렇게 할 걸….
저렇게 해줄 걸….
아쉬움이 많이 남습니다.

그런데 강아지를 키우면서,
무수한 상황을 맞닥뜨리며 극복할 길이 없어서
강아지를 훈련학교에 맡기게 되었습니다.
두 달이라는 시간들을 견뎌내고
우리 강아지는 집으로 돌아왔습니다.

집으로 데려오기 전
강아지를 돌봐주던 학교에서 내려준 지침서에는
우리 가족들에게 너무 힘든 주문들이 쓰여 있었습니다.
아무 때나 안아주지 말 것,
강아지가 격한 관심을 보일 때는 철저히 무시할 것,
데리고 자지 말 것,
배변을 잘해도 자주 칭찬하지 말 것,
귀가를 하고 외출을 할 때도
강아지가 보이는 반응은 무시할 것.

사람과도
강아지와도
건강하고 바람직하게 사랑을 나누는 방법이 있고
그 방식에 충실해야 하는구나 싶어집니다.

과유불급.
너무 많이 주는 사랑은
냉정한 사랑만큼 부적절한 사랑법인가 봅니다.
돌아보니
우리 가족이 분별없이 쏟아부은 애정 때문에
제대로 사랑해주는 방법을 몰랐기 때문에
겪게 된 시행착오였습니다.

제대로 사랑하는 법에 대해
다시금 생각하게 됩니다.
사랑에도 기술이 필요함을,
기다림과 인내, 조용한 응원이 필요함을 절감합니다.

이제 다시 우리는 사랑을 시작합니다.
오늘 나의 사랑법을 돌아보면서….

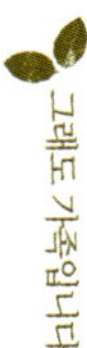

아이의 마음으로 함께해주면
아이가 행복합니다

"네가 양보해."

"참는 사람에게 복이 온대."

"지는 게 이기는 거야."

"그냥 한번 봐줘."

….

엄마의 이런 말들은

아이의 설 자리를 잃게 합니다.

엄마의 이런 말들은

아이 스스로 자기편이 없다는 생각을 하게끔 합니다.

엄마의 이런 말들은

아이가 심리적인 변비에 걸리게끔 합니다.

마음으로도 배설이 필요합니다.

때로는 욕도 하고, 싸움도 하고, 치고받으면서
세상을 배웁니다.
그런 기회를 착한 아이가 되라는 주문으로
박탈하지 마세요.

차마 할 말을 하지 못하고
참고 또 참고 양보하다가
심리적 면역력은 떨어지고 마음의 병이 생겨납니다.
제가 만난 초등학교 5학년 아이는
엄마, 아빠가 다 자신을 괴롭히는 친구 편이라고 했습니다.
억울하게 맞고 들어와도 맞서 싸우지 말라고 하고
한 대 치고 싶어도 부모에게 더 혼이 날까 봐
억누르고 또 억눌렀다고 합니다.
조그만 얼굴에 눈물이 그렁그렁했습니다.

참으라는 말보다는
마음을 어떻게 표현해야 하는지 알려주고,
양보를 미덕으로만 이야기하기보다는
내 권리를 주장하는 설득의 기술을 찾아주고,
부당하고 억울할 때 한 번쯤

온몸으로 자기주장을 할 수 있게 해주면 좋겠습니다.

어린 가슴에 남은 상처는 애처롭기만 합니다.
어린 새싹을 돌보듯이
어린 떡잎을 돌보듯이
풀잎같이 여린 아이의 마음으로
내 아이 편에서 아이를 사랑해줄 수 있었으면 좋겠습니다.

사랑은
그 사람 편에서
그 사람의 마음으로 함께해주는 것일지도 모릅니다.

아이에게 참으라는 말보다는
마음을 어떻게 표현해야 하는지 알려주고,
양보를 미덕으로만 이야기하기보다는
내 권리를 주장하는 설득의 기술을 찾아주고,
부당하고 억울할 때 한 번쯤
온몸으로 자기주장을 할 수 있게 해주면 좋겠습니다.

아버지, 참으로 사랑합니다

"아버지, 뭐 드시고 싶으세요?
맛있는 게 뭐가 있을까요?
뭐든 생각나는 것 말씀하시고
저하고 같이 드세요."

아내는 어제 짧은 시한부 삶을 남겨놓은 아버지,
호랑이 같은 분이라서 생각만 해도
심장이 오그라드는 것 같다고 늘 말하던
그 아버지께 이렇게 말씀을 드렸는데
온몸으로 전이된 암세포를 가득 안고
요양병원에 계시는 아버지는 이렇게 답하셨습니다.

"산다는 게 그저 그런 것이더라.
출세도 그저 그렇고
성공도 그저 그렇고

내가 돈이 아무리 많아도
이제 와 생각하니 거품이구나 싶고
산해진미도 먹는 순간일 뿐이고
날개 같은 옷을 입어도 잠시 즐거울 뿐
내 마음 편하게 다스리는 것이
제일로 중요한 일이거늘
무얼 먹고 무얼 입는 일이 대수겠느냐."

병색이 깊어 야윈 손길로 딸의 손을 잡은 아버지는
언제 다시 찾아올지 모르는 고통을 기다리며
하고 싶었던 말씀을
그렇게 풀어놓으셨습니다.

"죽음이 코앞에 오면 모든 것이 무상해진다.
죽음이 코앞에 와 있음을 보는 마음으로 세상을 보면
집착도 쉬이 내려놓게 되는 것이고
아쉬움도 별것 아닌 듯 사라지고
그냥 오늘 내가 어떻게 의미 있게 보낼 것이며
떠나기 전에 해야 할 일 중에
빠뜨린 게 뭔가 생각하게 된다.

그래서 너희에게 때 맞추어 밥을 챙겨 먹고
수시로 건강진단을 위해 병원을 찾고
아픈 것 참는 미련함만큼 어리석은 일이 없으니
자주 병원에 들러 몸을 챙기라고 한 것이다.
남편이든, 자식이든, 그 무엇이든
너무 마음 뺏기지 말고
고요하게 내 마음의 평안을 지키는 일에 힘쓰고
오늘 나는 얼마나 행복했는가를 생각하며
어제 저지른 어리석음을 내일 또 다시 반복하지 마라."

집으로 돌아오는 차 안에서도
깊은 밤 잠자리에서도 아내는 별말이 없습니다.
아마
오랫동안 차갑게 방치했던 아버지를 향한 마음자리를 따뜻이 데우고
서운함과 원망스러움으로 가득했던 마음을
조용히 닦아내고 있는 듯합니다.

꼭 성공하지 않아도,
꼭 일등 하지 않아도 괜찮아!

아무려면 어떤가요?
하루하루 웃으며 건강한 몸으로 밥상을 받고
까짓것 공부 좀 못한들 어떤가요?
그냥 건강해줘서 고맙고
이웃 사람 만나면 인사 잘해서 예쁘고
때때로 내 부모가 제일 좋다고 말하는 자녀라면
무슨 욕심을 더 부려야 할까요?

연봉이 높은 직장이 아니면 어떤가요?
수입이 많으면 많은 대로, 적으면 적은 대로
알뜰살뜰 살아가며 내일의 꿈을 키우고
사람이 귀한 줄 알고
좋은 말, 따뜻한 위로 건넬 줄 알고
세상은 살 만한 곳이라고 생각하는 사람이라면

그 사람은 좋은 사람이 아닐까요?

그 사람은 든든한 사람이 아닐까요?

꼭 성공하지 않더라도

꼭 일등 하지 않더라도

꼭 뭔가를 이루어야 한다는 강박증도 버리고

많이 벌어야 한다는 현실도 내려놓고

적당히 여유를 누리고

이웃에게 내 곁을 내어줄 줄도 알고

가끔은 푸른 하늘을 보며

사람으로 살아갈 수 있음에 감사할 스 있다면

그 사람이 아름다운 사람이 아닐까 싶습니다.

이런들 어떠하며

저런들 어떠하랴.

내 마음이 편하고 네 마음이 편하다던

그곳이 천국이고

그곳이 극락세계가 아니던가요?

서로 눈빛만 주고받아도 마음을 읽어주고

무심히 등 한 번만 쓸어주어도

그 마음이 손끝에 전해져 힘이 나는 우리 세상,
그런 세상이 되었으면 좋겠습니다.

마음 한 자락 비우고, 접으면
세상은 온통 내 편임을 함께 알았으면 좋겠습니다.

때로는 서로를 사랑함이
어긋날 수 있습니다

삶의 현장에서 만나는 무수한 사람들.
그 중에는 안타까운 사랑이 너무 많습니다.

엄마의 지나친 간섭이 너무 싫어
가출을 한다는 아들을 만났습니다.
엄마는 참 좋은 분이었는데
아들 사랑이 지극하셨습니다.
그런데 아들은 그 사랑이 정말 싫다고 합니다.

딸과의 마찰로 찾아온 아버지도 만났습니다.
아버지의 지극한 딸 사랑에
딸은 눈을 감고 살고 싶다며
아버지의 목소리가 들리지 않는 곳으로
도망가고 싶다고 했습니다.

어떤 신혼부부는 서로 사랑을 확인하고 싶어했습니다.
남편은 바깥생활이 힘들어 집에서는 쉬고 싶고
어린 신부는 남편이 집으로 오는 순간만을 하루 종일 기다리며
로맨틱한 시간을 그리지만
늘 거품처럼 부서지고 마는 사랑이 힘겨워서
이혼을 하고 싶다고 했습니다.
토목 일을 하는 남편은 삶이 고단하다며 눈물을 비춥니다.

할머니는 자신의 일생이 날마다 참는 일이었다고 합니다.
외도하는 할아버지도 못 본 척 참아내고
불효막심한 둘째 아들도
며느리들의 싸늘한 불효도 애써 외면하며
한 푼 두 푼 아끼느라 손가락이 짓무르도록 악착같이 살았는데
이제 할아버지가 말기 암이랍니다.
할머니는 억울한 자신의 인생에 오열하며
하염없이 가슴을 쳤습니다.

초등학교 4학년인 한 아이는
틱장애가 심하다고 했습니다.
엄마는 영어와 수학, 과학과 피아노를 닦달하고

아이는 집으로 돌아오면 가슴이 콩닥콩닥하고
눈앞이 캄캄하다고 합니다.
엄마는 아이가 똑똑하고 뭐든 잘한다고 자랑하며
왜 틱장애가 왔는지 모르겠다고 안타까워하는데,
아무리 설명해드려도
엄마 마음에 드는 이야기만
참 잘 가려가며 듣습니다.

세상은 이렇게 서로 다른 아픔으로
서로 다른 방향으로 흘러갑니다.

서로 눈빛만 주고받아도 마음을 읽어주고
무심히 등 한 번만 쓸어주어도
그 마음이 손끝에 전해져 힘이 나는 우리 세상,
그런 세상이 되었으면 좋겠습니다.
마음 한 자락 비우고, 접으면
세상은 온통 내 편임을 함께 알았으면 좋겠습니다.

혹시 아시나요?
내 아이의 꿈이 뭔지?

오랜 친구의 전화를 받았습니다.
안부를 나누다가 긴 한숨 소리를 듣게 되어
무슨 일이냐 물어보니
미국 유학을 마치고 온 딸아이가 5년째 놀고 있다고 합니다.
다 큰 딸아이가 아무것도 하지 않고 집 안에서만 맴돌고 있으니
바라보는 아빠 마음이 애처롭고 화가 난다는 것이지요.
딸아이 유학시키느라 고생을 엄청 했다는데
유학 가서 공부도 잘했고 이름만 대면 누구나 아는
일류대학을 나와서 저러고 있으니 애가 타고 분하기도 하답니다.
밖으로 잘 나가지도 않고
하루 종일 집에서 하늘만 쳐다본다 합니다.

통화를 하면서 제 마음도 아릿해졌습니다.
죽마고우의 마음도 이해가 되고

제 딸같이 사랑스럽던 아이의 마음도 이해가 되고
친구에게 조금 더 기다려보라고
내가 한번 만나보겠다고
그녀도 생각이 있을 것이라고
그렇게 통화를 마무리했습니다.

제가 알고 있는 그 녀석은 의지박약도 아니고
자신의 삶에 대해 적극적이었으며
무엇보다 자신의 삶을 위해 노력을 아끼지 않았는데….

그녀가 지나온 5년 동안의 세월을 생각해봅니다.
참 긴 어둠이었을 것 같다는 생각도 해봅니다.
심리치료를 받기 위해 저를 찾는 분들 중에는
의외로 제 친구의 딸과 같은 과거가 있는 분들이 많습니다.
"뭔가를 하고 싶지만 도저히 출구가 보이지 않는다."
"뭘 어떻게 시작해야 할지 막막하다."
"어쩌다 시작할 때를 놓치고보니 불안이 점점 커진다."
"아무 일이나 시작하기엔 자존심이 상한다."

그래서 깊은 어둠에 갇힌 듯 답답하지만

다른 한편으로 뒤집어 생각해보면
그 어둡고 긴 세월은 나중의 삶에 커다란 힘이 됩니다.
그 시기를 잘 헤쳐나가는 것은
훗날에 아주 좋은 자양분이 되겠지요.

세상만사가 늘 내 맘대로 되는 것이 아니기에
스스로 상처받고 아파도 하지만
그럴 때마다 지나온 그 어두운 시절을 떠올려
'이것쯤이야.' 하는 마음으로
기꺼이 털어낼 수 있는 힘이 생겨나지요.
너무도 힘들던 고통의 시간들은
세월이 지나고보면
내게 또 다른 힘을 실어주는 고마운 치료제가 됩니다.

지금의 아프고, 어둡고, 앞이 보이지 않는 막막한 어둠은
영원한 시간이 아님을 기억했으면 좋겠습니다.
어둠이 아무리 깊어도 새벽이 오고
또 아침이 오는 것이 자연의 순리이듯
내 인생의 길도 자연의 법칙처럼 새벽이 훤하게 동터올 것입니다.
그 소중한 아침을 위해

오늘 하루도 일어날 준비를 조금씩 해보면 좋겠습니다.

나는 내 삶을 사랑하고
또 하루의 삶을 발견해
그 길을 묵묵히 걸어갈 수 있는
아름다운 사람임을 잊지 말기 바랍니다.

아파하고 울 수 있는 것도
아이에게는 성장의 기회입니다

요즘 들어 성인이 된 20대를 비롯해
어린 초등학생에 이르기까지
부모의 지극한 사랑, 지나친 사랑으로 인한
과잉보호 탓에
무기력해지고 의지가 나약해진 아들딸들을
흔히 목격합니다.
신체적으로 장성한 청년도 정신적으로는
유치원 아이보다 더 나약한 경우가 허다합니다.

두어 달 전에 대학을 졸업하고
군 제대를 한 청년이 부모님의 손에 이끌려
심리상담을 받으러 왔습니다.
안타깝게도 그 청년의 눈빛은 흐리멍덩하고
아무런 의욕이 없어 보였습니다.

부모님 말씀을 들으니 아들이 중학교 시절 따돌림을 당했으며
이후 게임만 좋아하고 무기력해져서
바깥출입도 제대로 하지 않는다는 것입니다.
청년과 상담하는 동안
너무나 안타까운 마음이 들었습니다.

청년은 할 수 있다는 의지가
전혀 생길 수 없는 가정환경에서 성장했습니다.
무엇이 필요하다 싶으면
말하기 이전에 친절한 엄마가 다 챙겨주었고
공부 역시 엄마가 알아서 구해준 과외 선생님의 수업을 들으며 했고
친구를 사귀어도
"그 아이는 안 된다. 이 아이는 된다."라는 기준에 따라야 하고
사사건건 모든 것을 다 챙겨주는 부모의 지극한 사랑 덕분에
날이 갈수록 자신은 로봇이 되어가는 기분이라고 했습니다.
자식을 사랑하는 부모의 마음을 탓할 수는 없지만
너무나 일방적인 부모의 사랑은
아이를 나약하고 무기력하게 만듭니다.

삶의 긴 여정에서

때때로 우리는 넘어지고 일어나면서 세상을 배웁니다.
실패도 해보고 성공도 해보면서 다양한 정서를 익히게 되고
시행착오를 통해서 삶의 지혜를 배웁니다.
실패와 시행착오를 허락하고 싶지 않은 부모의 마음이
어린아이가 자신의 의지와 선택으로
무엇을 이루어가고자 하는 과정을
놓치게 하는 경우가 너무 많습니다.

넘어져서 무릎이 까진 자리엔
더 단단한 새살이 돋아나고
무엇을 조심해야 다치지 않게 되는지를 스스로 알게 됩니다.
몸살을 앓고 나면 건강의 소중함을 다시 깨닫고
몸을 혹사하거나 무리하면 병이 날 수 있음도 저절로 알게 됩니다.

다행히 그 청년은 여러 차례 상담을 통해
그동안 자신이 머물러 있던
온실 속의 지붕을 벗겨내고
세상 속으로 당당하게 나올 수 있는 힘을 되찾게 되었지만
부모님의 걱정은 곁에서 지켜보기가 안타까울 지경이었습니다.

자식을 믿고 적당한 거리를 두고 바라봐주는 여유가
부모님께도 꼭 있어야 함을 강조하고 싶어집니다.
너무 바짝 붙어 있으면 사물이 제대로 보이지 않습니다.
삶은 장거리를 뛰어야 하는 마라톤 같은 것이어서
힘 조절을 정말 지혜롭게 잘 해야 합니다.
너무 빨리 달려 나가느라 숨 고르기를 제대로 하지 못하면
목적지까지 제대로 달리지도 못하고
쓰러지게 됨은 분명한 사실이지요.

조금 불안해도 믿어주는 여유를 가질 수 있으면 좋겠습니다.
초등학교에 다니는 어린 학생도
부모의 지극한 관심이 부담스러워
가출하고 싶다는 말을 울먹이며 하는 경우도 허다합니다.
집에만 있으면 불안하다는 아이는
결국 나이가 들면 집을 버릴 수도 있습니다.

사랑은 사랑하는 사람의 입장에 함께 서줌을 의미합니다.
내가 진정으로 사랑하는 내 자식을 위해서
말 없이 숨어서 지켜보고 믿어주는 선택,
그리고 마지막 순간에 힘겨워 내미는 손을

덥석 잡아줄 수 있는 그런 기다림으로
자녀를 바라볼 수 있게 되기를 간절히 바랍니다.
실수와 아픔이 자녀의 인생에서
귀한 밑거름이 됨을 잊지 말았으면 좋겠습니다.

그들에게 마음 놓고 아파하고 실패하고 통곡할 수 있는
귀한 기회를 허락하세요.
비바람에 흔들리고 상처받는 풀잎일수록
그 뿌리가 깊어짐을 다시 한 번 생각했으면 좋겠습니다.

3

가족에게 못다 한 한마디, "미안해, 사랑해, 고마워."

너무 뜨겁지도 않고 너무 차갑지도 않게
시간이 갈수록 잘 익어가는
그런 사랑을 하시기 바랍니다.

딸과 아들,
그 아이들이 있어 오늘 행복합니다

달라서 즐거운 삶입니다.
달라서 흥미로운 세상입니다.
사과나무에 사과가 열리고
배나무에 배가 열리는 것이 진리이지만
같은 나무에 달린 사과와 배도
맛은 제각각입니다.

제게는 아들과 딸이 있습니다.
아들과 딸은 기가 막히게 다릅니다.
어찌할 수 없이 자유로운 성격을 가진 딸과
이보다 더 반듯할 수 없는 아들을 키우면서
아내는 도를 닦게 되었다는 말을 자주 합니다.

만약 딸만 키웠다면

'세상의 모든 자식은 고집이 세고
세상의 모든 자식은 부모의 말보다는
저 하고 싶은 것이 우선이구나.' 하고 믿게 되었을 것이고,
만약 아들만 키웠다면
나무랄 만한 일은 저지르지도 않고
제 할 일은 언제나 반듯이 스스로 알아서 하는 아들을 보며
'자식이란 이렇듯 온순하고 유순한 존재구나,
자식이란 이렇게 절로 커가니
자식 키우기란 아무것도 아니구나.'
그리 생각할 뻔했습니다.

그러나 두 녀석이 이렇듯 달라도
희한한 공통분모를 가지고 있고
그렇게 다름에도 서로를 인정하며
부딪치지 않고 오누이로 살아갑니다.

내 안의 모습 속에는
아들도 있고 딸도 있습니다.
나의 모습이 한 가지 색깔이 아니기에
눈에 보이는 부분만 바라보면

진정한 나를 알지 못하겠지요.

우리는 모두 무지갯빛처럼
형형색색 아름다운 존재이구나 싶습니다.
고집쟁이 딸의 가슴속에도 동심같이 단순하고 아름다운
새순 같은 심성이 있으며
부드러운 아들놈 가슴속에도
칼날처럼 번득이는 원리 원칙과 타협을 모르는 강단이 보입니다.
모두 다 나의 모습이며
모두 다 우리의 모습입니다.

오늘 내 눈에 들어오는 모든 것과
오늘 내 마음에 비치는 모든 것은
지극히 많은 나의 일부 중의 하나임을 다시 생각해봅니다.
나는 너이기도 하고
나이기도 하며
우리이기도 함을 생각합니다.

사랑은
서로 나누는 것입니다

사랑을 합니다.
공짜로 사랑을 하려 합니다.
나는 아무것도 주지 않고
또는 주고 싶을 때만 주면서
받기만 하는 사랑이기를 바랍니다.
나는 사랑받는 사람입니다.
그래서 행복합니다.

사랑을 합니다.
무엇보다 값진 사랑이지요.
나는 아무것도 받지 않지만
받는 것보다 주는 사랑이 더 행복한 것이기에
나는 참 행복합니다.

한쪽으로 기우는 사랑은
오래가지 않습니다.
다른 한쪽을 고달프고 슬프게 만듭니다.

사랑은 서로 나누는 것입니다.
나눈다는 것은
주고받는 일보다 더 기쁜 일입니다.
나눈다는 것은
서로가 함께한다는 것입니다.

부모와 자녀 간의 사랑도 서로 나눔이어야 하고
친구 간의 사랑도 함께 나누어야 하며
형제와 자매 사이도 공유하는 사랑이 좋습니다.

이런 사랑은 세월 따라 꽃도 피고 열매도 맺습니다.

혼자서 하지 말고
함께하세요.
서로의 속마음을 보여주고
서로의 손을 잡으며

느껴지는 체온만큼

너무 뜨겁지도 않고

너무 차갑지도 않게

시간이 갈수록 잘 익어가는 그런 사랑을 하시기 바랍니다.

아무리 노력해도
때로는 안 되는 것도 있습니다

울지 말라는 말 한마디 하지 못해
말 없이 가만히 지켜봅니다.
얼마나 속이 상했느냐고 위로하기에
내 말이 너무 가벼운 것 같아
함께 눈물을 삼킵니다.

스물일곱의 삶은
선홍빛 꽃이 피는 삶이어야 하는데
그녀의 꽃 같은 청춘은
서리 맞은 겨울 아침처럼 꽁꽁 얼어 있습니다.

어린 시절의 기억 속에는
가만히 있어도 절로 빛이 나는 오빠와
뭘 해도 빛이 바래는 어린 그녀가

웅크리고 앉아 울고 있다고 합니다.

부부 사이가 그리 좋지 않던 그녀의 부모님은
부부 싸움이 극에 달할 때마다
비명 같은 한마디를 퍼부으셨다 합니다.
"아들은 내가 데려갈 테니
당신 닮은 저 아이는 당신이 키워라."
흐지부지 끝난 부부 싸움 뒤에 남은 것은
어린 소녀의 가슴에 새겨진 씻을 수 없는 상처였습니다.

이 세상은
아무리 노력해도 닿을 수 없는 아득한 꼭대기가 있음을
그녀는 다섯 살도 되기 전에 알았다고 합니다.
아무리 노력해도 성적이 오르지 않았고
아무리 노력해도 예쁘다는 말 한마디 들을 수 없었고
아무리 노력해도 착하다는 칭찬을 꿈꿀 수 없었으며
아무리 노력해도 엄마의 따뜻한 가슴을 느낄 수 없었고
아무리 노력해도 아빠의 사랑을 얻을 수 없었다고 합니다.

그래서 그녀는 유치원 때부터 세상을 포기했다고 합니다.

하루하루
눈치를 보고
남의 비위를 맞추고
거짓말을 하기 시작했다지요.
사춘기가 되면서부터는 욕을 하기 시작했고
부모님께 어떤 고통을 줄까를 생각하며
죽는 방법도 고민했다고 합니다.

감옥 같은 병동을 드나들며
스스로 치욕스러운 자신의 삶이
얼른 끝나기를 빌고 또 빌었다고 합니다.
지진이나 전쟁이라도 일어나서
모두 다 함께 이 세상을 접고 싶었다고 합니다.

제대로 먹지도 못해 참새같이 가녀린 그녀는
새처럼 뛰는 가슴을 두드리며
울고 또 울고 울부짖었습니다.

뭐라고 위로를 할 수도 없고
가만히 바라보고 함께 가슴 아파할 수밖에

아무것도 할 수 없어서 마음이 더 아팠습니다.

그녀가 느리지만 천천히
조금 더 자신을 사랑하는 법을 알아가길
생각이 조금만이라도 달라지길
기도합니다.

사랑은 서로 나누는 것입니다.
나눈다는 것은
주고받는 일보다 더 기쁜 일입니다.
나눈다는 것은
서로가 함께한다는 것입니다.

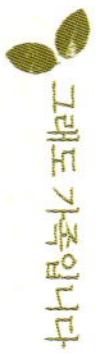

누가 뭐라 하든
내 맘대로 살아보세요

누가 뭐라 하든 내 맘대로 살고 싶다.
누가 뭐라 하든 내 뜻대로 살고 싶다.
누가 뭐라 하든 신경 쓰지 않고 살고 싶다.

우리는 서로 바라는 조건을 가지고
상대를 바라봅니다.
내 마음에 얼마나 드는 사람인지
나도 모르게 계산을 합니다.

내가 조건을 가지고 상대를 바라보듯
상대도 조건을 가지고 나를 바라봅니다.
그래서 때로는
상대방이 바라는 조건에 맞추려고
안간힘을 쓰며 노력하기도 합니다.

아이들은 엄마 아빠가 기대하는 조건을
민감하게 알아차립니다.
연인들은 서로가 바라는 조건을
자동으로 알아차리며 사랑을 합니다.
때때로 우정도 이와 같은 맥락에서 이어지기도 합니다.

조건 없는 사랑과
조건이 붙는 사랑

그 무겁고 버거운 희망 사항이라는 조건은
사람을 지치게도 하고 비겁하게 만들기도 하고
자존감이 무너지게 하기도 하는 것 같습니다.

누가 뭐라 하든 내 맘대로 살아보세요.
까짓것, 내 심사가 편해야 세상이 편한 것이라 여기며
누가 뭐라 하든 내 뜻대로
남이야 뭐라 하든 신경 쓰지 말고
모두 까놓고 내 맘대로….

얽히고설키며 살아가는 삶의 순간들 속에서

가끔은 모든 것을 무시하고
내 맘과 몸이 시키는 대로 살아가면서
스스로 가득히 충전할 수 있으면 좋겠습니다.

오늘 하루도 내 뜻대로 살아가시기 바랍니다.

측은지심, 가족이 지켜야 할 첫 번째 덕목입니다

주님, 저희를 불쌍히 여기소서.
주님, 저희의 죄를 용서하소서.

가족들이 미사를 볼 때 가끔 성당에 따라 나가
뒷자리에 앉아 조금 쑥스러운 마음으로 구경을 하곤 합니다.
조용하고 경건한 분위기 속에서
미사를 드리는 것을 지켜볼 때마다
우리를 불쌍히 여겨주시고
용서해달라는 간절한 마음을 만납니다.

사랑을 한다는 것을 한마디로 정의하기 어렵지만
불쌍하고 자비로운 마음으로 바라보는 대상은
용서하지 못할 것이 없어 보입니다.

가끔 언급합니다만
저희 집 강아지를 바라보는 우리 가족의 마음은
늘 그 녀석이 애처롭고 사랑스럽고 불쌍해 보입니다.
말이 시원하게 통하지 않으니
눈빛과 몸짓으로 소통해야 하고
아프고 슬픈 그 녀석의 정서를
일일이 알아주기가 어렵습니다.

그래서 작은 몸짓으로 짖어댈 때마다
어디가 아픈지, 무엇이 모자라는지
저희는 애를 태우기도 합니다.
그 녀석이 어떤 죄를 짓는다 해도
먼저 용서해주고 싶어집니다.

심통이 나서 거실 카펫 위를
축축이 적셔놓은 그 녀석의 배변 흔적과
아주 가끔 닥치는 대로 물어뜯어 놓은 잔해들을 바라보면서
우리 마음은 먼저
이 녀석이 무엇 때문에 이렇게 화가 난 것인지
이 녀석이 무엇 때문에 이런 행동을 하는지

결과보다는 동기를 생각해보게 됩니다.

작은 강아지 녀석과의 소통이 이러하듯
사람과 사람 사이도 이랬으면 좋겠습니다.
내 아이를 바라보는 마음과
내 배우자를 생각하는 마음,
내 친구와 이웃을 사랑하는 마음도 이랬으면 좋겠습니다.

사람과 사람 사이의 소통이라는 것.
결과보다는 원인과 동기를 먼저 살펴보고
나무람보다는 측은하고 불쌍한 마음으로 먼저 어루만져주고
그 어떤 경우라 하더라도
내 맘엔 안 들지만 그럴 만한 이유가 있으리라 여기며
애처롭고 안쓰러운 마음으로
세상과 사람을 바라볼 수 있게 된다면
참 좋겠습니다.

그런 마음으로 바라보는 세상은
언제나 꽃 피는 봄날일지도 모르겠습니다.

사랑도 때로는 짐이 되고 헌신도 때로는 상처가 됩니다

자식 사랑이 지극한 부모님을 만났습니다.
부모님은 자식의 일거수일투족을 모두 파악하고 있으며
자녀의 미래까지 세밀한 그림으로 그려두고 있었습니다.

아버지는 아들에게 모든 희망과 꿈을 걸고 있었기에
세상에서 가장 멋지고 완벽한 아빠로 살아왔습니다.
어머니 역시 남편의 뜻을 이해해
어릴 적부터 항상
"네가 최고다."
"넌 뭐든지 할 수 있다."
"넌 공부를 정말 잘할 수 있는 사람이다."
"넌 정말 착한 사람이다."
"넌 정직하고 성실한 사람이다."
항상 넘치는 칭찬과 격려, 응원과 지지로 아이를 키웠다고 합니다.

그런 아들이 대학에 진학한 이후부터
심각한 무기력 증상을 보이더니
우울감에 빠져 방문을 닫아걸고 바깥 출입도 하지 않는다 합니다.
안타까운 마음에 뭐든 다 해줄 요량으로
아들에게 다가갔지만
다가갈수록 아들은 더 멀어져가는 것만 같다 합니다.

부모님의 이야기를 듣고
아들과 힘든 대화를 시작했지요.
겨우 대화의 물꼬가 트이자 청춘의 아들은 눈물부터 떨굽니다.
울먹이며 부모님의 사랑이 너무 힘들었다고 합니다.
부모님의 지극한 사랑이 버거웠다고 합니다.
부모님의 애처로운 사랑에 무한한 죄책감을 느꼈다고 합니다.

늘 칭찬받는 아들이 되어야 하고
늘 성실한 아들이 되어야 하고
늘 정직한 사람이 되어야 한다는 강박과
과잉 기대를 하는 부모님께 보이기 위해 힘겨운 공부를 하면서
자신의 무력과 무능에 좌절했다고 합니다.
부모님의 웃는 얼굴이 불편하고

부모님의 다정한 목소리 앞에서
아들은 자신이 죄인처럼 느껴졌다 합니다.
어떤 것도 거역할 수 없고
거역해서도 안 되는 그 지독한 사랑으로부터
날마다 달아나고 싶었다고 합니다.
자신은 자존감이 없는 못난 아들이며
장래가 불투명한 무능한 대학생이어서
스스로가 두렵다고 합니다.

그런 아들에게
부모님의 위로는 위로가 되지 않았으며
부모님의 격려는 커다란 바위 같은 짐이었다고 합니다.

부모님은 최선을 다해 아들을 사랑했고
아들은 최선을 다해 좋은 아들이 되고 싶었을 뿐인데
남은 것은
서로에게 더 가까이 다가설 수 없는
깊고 어두운 그림자뿐이었습니다.

사랑도 때로는 짐이 되고

헌신도 때로는 상처가 되나봅니다.

우리는 서로를 위해 어떤 사랑을 하고 있을까요?

뒤돌아 나의 사랑을 들여다봅니다.

추억과 함께하면
나는 언제나 행복합니다

가장 행복했던 순간이요?
음….
어렸을 때 학교에서 돌아오면
엄마가 세숫대야에 물을 받아
제 발을 씻겨주셨어요.
그때 정말 행복했어요.

가족들과 놀이공원에 놀러 갔던 기억이 나네요.
저는 다람쥐통을 좋아했었는데 정말 신나게 탔어요.
그때 정말 행복했어요.

중학교 때 친구들과 어울려 놀았던 기억
고등학교 때 시험 성적이 예상 외로 잘 나왔던 기억
첫사랑을 생각하며 잠 못 이루던 밤들

결혼 전 청혼을 받았을 때 생각도 나고
연인에게서 받은 장미꽃 다발도 떠오르네요.
첫아이를 낳았을 땐 세상을 다 얻은 것 같았어요.
기다리고 기다리던 취직이 되어
첫 출근 하던 날이 생각나네요.
월세 방을 정리하고 전세를 얻던 날도 기억납니다.

아이가 꼬물꼬물 고사리 손으로 만들어준 카네이션과
몸살로 누워 있던 어느 날
남편이 어설프게 끓여준 흰죽을 먹으며 참 행복했어요.
통장에 든 돈이 내가 원하는 것만큼 늘어났던 날
처음으로 비행기를 타고 여행을 떠나던 날
아이가 원하던 대학에 입학하던 날
건강 때문에 불안해하다가 아무 이상 없다는 검진 통보를 받던 날
운전면허 시험에 합격하던 날
무수히 많은 기억이 있지요.

아침에 눈을 떠 잠자리에서 일어나기 전
내게서 가장 소중했던 순간들을 떠올리며 행복해하고
하루를 마치고 잠자리에 들 때

오늘 하루 나를 행복하게 했던 소중한 순간들을 생각하는 것은
우리의 심리적 면역력을 높여주고
자존감을 회복시켜주며
나를 기쁨과 행복한 세상으로 초대합니다.

그리 어렵지 않은 즐거운 시도이며
나의 기억을 찾아가는 여행입니다.
떠오른 소중한 순간들을 하나하나 적어가면서
들여다보고 또 들여다보노라면
나는 언제나 행복한 사람이 됩니다.
내 앞에 놓인 걸림돌도
어느 순간 디딤돌로 다가올 것입니다.

묵묵히 들어주기만 해도 힘이 됩니다

듣기만 했지요.
가끔 공감하는 마음으로
고개를 끄덕이며 듣기만 했는데
그들은 눈물을 흘리며 고맙다고 말합니다.
듣기만 했는데
마음을 열어 깊은 이야기를 꺼내게 해주니
감사하다고 합니다.

부모에게 말하기도 힘이 들고
친구에게도 말을 꺼내기가 어렵고
배우자가 알게 될까 걱정되고
자식에게도 차마 말할 수 없어서
가슴속에 나날이 아픔만 자랐답니다.

부모가 걱정할까봐
부모의 기대를 저버리는 못난이가 될까봐
말하기가 겁이 났으며
내 못난 모습을 들켜 친구가 떠날까봐 불안했으며
자식 앞에서 내 자존심이 상하는 게 싫었으며
아내나 남편에게 초라한 모습을 들키기 싫었다고 합니다.

말 없이 듣기만 하는데 한두 시간이 지나고 나면
점점 더 환해지는 낯빛으로 이젠 괜찮아졌다고 합니다.
말을 하다 보니 조금씩 가슴이 시원해지고
말을 하다 보니 별것 아니었구나 싶어지고
말을 하다 보니 조금씩 답이 보인다고 합니다.
그래서 참 고맙고 고맙다고 합니다.

우리는 서로 가깝다는 이유로
가장 사랑하는 사람에게
마음 한쪽을 내어주지 못하는 것은 아닐까 싶습니다.
무슨 말을 해도 넉넉히 들어주리라는 믿음은
한 사람에게 희망이 되고 꿈이 되고
그것이 자존감으로 커나가는 것인데….

지적하고, 충고하고, 비판하고,
사랑이라는 이름으로 준 상처들로 인해
입을 다물고 마음을 닫는 관계가 느는 게 아닌지 모르겠습니다.

간간히 끄덕끄덕 하다가
"그럴 수도 있지."
"그럴 수밖에 없었겠구나."
"애쓰고 수고했다."
"괜찮다."
"누구나 그 입장이면 그럴 수밖에 없었을 거다."
그렇게 위로가 필요한 분들과 함께한 시간 속에서
좋은 사람이란
묵묵히 들어주고 그 사람 편이 되어주는 사람임을
확인, 또 확인하게 됩니다.

오늘도 그리 살 생각입니다.
많이 들어주고
나를 찾는 분의 편이 되어주는
그런 하루를 오늘도 보낼 생각입니다.

사랑도 때로는 짐이 되고

헌신도 때로는 상처가 되나봅니다.

우리는 서로를 위해 어떤 사랑을 하고 있을까요?

뒤돌아 나의 사랑을 들여다봅니다.

오늘 감사할 수 있다면 행복한 것입니다

우리는 이미 기적 속에서 살고 있습니다.
우리의 만남도 기적이며
오늘 하루도 얼마나 큰 기적인지
삶과 죽음을 생각하고
삶의 존엄함과 아름다움을 생각해봅니다.

미국의 유명한 천문학자였던 칼 세이건은
모든 것을 과학으로 증명하고 신앙과 종교에 관해서도
과학의 눈으로 바라보았지요.
덕분에 그를 추종하는 사람도 많았지만
내세를 믿는 종교인들의 혹독한 비판도 받았습니다.
그가 세상을 떠났을 때
어느 기자는 그의 아내를 찾아가
인터뷰를 했습니다.

"남편이 죽었을 때,
그가 종교를 믿지 않기로 아주 유명한 사람이었기 때문에
많은 사람들이 제게 다가와서 묻곤 했습니다.
사실 요즘도 그럴 때가 많아요.
칼이 마지막에 신앙을 가지고 사후에 믿음을 가졌는지에 대한
질문과 더불어 제가 이 세상이 끝난 후
다시 칼을 만나리라 믿는지도 많이 묻습니다.
칼은 흔들리지 않는 용맹함으로 죽음을 맞이했고
허상에서 위로를 받으려고 하지 않았습니다.
슬펐던 것은 우리 둘 다 죽음 후에는
서로 다시 볼 수 없다는 것이었죠.

저는 칼을 다시 볼 수 있을 거라는 생각을 하지 않습니다.
하지만 우린 근 20년 동안 삶을 함께할 때에
삶이 얼마나 소중하고 짧은지를
항상 인지하고 살았다는 점이 정말 좋습니다.
죽음이라는 것에 마지막 인사 그 이상의 의미를 부여해
죽음을 있는 그대로 받아들였습니다.
우리가 각각 살아 있고 함께할 수 있었던
모든 순간은 기적 같았습니다.

여기서의 기적은 설명이 불가능하다거나
초현실적이란 것이 아닙니다.

우린 서로가 운명의 수혜자라는 것을
잘 알고 있었습니다.
그 운명이라는 것이 인자하고 착해서 서로를 찾을 수 있었고
칼이 『코스모스』에서 아름답게 썼듯이
이 커다란 우주와 감당할 수 없는 규모의 시간 속에서
우리가 20년 동안이나 함께할 수 있게 해줬습니다.
그 생각이 저에게 항상 감동을 주고 저 생각이 항상
다른 어떤 생각보다 의미 있다고 생각합니다.

그가 살아있는 동안 제게 보인 모습
제가 그에게 보인 모습
우리가 서로와 가족에게 보인 모습
그것이 언젠가 그를 다시 만날 거라는 생각보다 훨씬 중요합니다.
전 칼을 다신 볼 수 없을 거라 생각합니다.
하지만 전 그를 봤었습니다.
우린 서로를 봤었습니다.
우린 이 우주 속에서 서로를 찾았습니다.

그것이 아름다운 것입니다."

무한한 우주 안에서 푸른 점 하나로 빛나는 지구 위에서
운명적으로 함께했던 세월에 대해
감사하는 그녀는 행복했을 것입니다.
오늘 내 곁에 있는 모든 이도
착한 법칙으로 이끌려 만난 그러한 형운,
기적 같은 인연이 아닐까 싶습니다.
시끄러운 세상 속에서도
행복한 순간과
평화와 축복을 향유하시기 바랍니다.

사랑하기 위해 적당한 거리는 필수입니다

어떤 사랑을 해야 할지
생각해봅니다.

『아낌없이 주는 나무』란 책이 있지요.
사랑으로 모든 것을 주기만 했던 그 나무 이야기는
책장을 덮을 즈음이면
모든 것을 내어준 사랑이 안타까워 눈물이 납니다.

사랑에 빠지면 아까운 것이 없다고 합니다.
무엇이든 다 주고 싶어집니다.
주고 또 주어도 더 주고 싶어집니다.

사랑하는 내 아이에게도
사랑하는 내 배우자에게도

사랑하기 때문에 모든 것을 다 내어주고 싶습니다.

많이 줄수록 행복해진다고도 합니다.
사랑은 받는 것보다
주는 것이 더 행복하다고도 합니다.
그래서 조건 없는 사랑이라는 말을 하기도 하겠지요.

사랑한다면 정말 아낌없이 주고 또 주어야 할까요?
조건도 없이
어떤 대가도 바라지 않고
모든 것을 내어주는 것은 진정한 사랑일까요?

혹시라도 내가 주는 사랑이
스스로 만족하기 위한 자기애는 아닌지요?
또는 아낌없이 주고 난 뒤
후회와 미련, 아쉬움이 남은 적은 없는지요?

준다는 것은 물질만이 아니지요.
내 마음을 다 주는 것도 마찬가지입니다.
너무 많이 준다는 것,

모든 것을 함께한다는 것은
때때로 아슬아슬해 보입니다.

서로 사랑하기 위해
적당한 거리를 두는 것은 어떨까요?
한발 물러서서 지켜봄은 어떨까요?
말 없이 기다려줌은 어떨까요?
조용히 그의 편에서 묵묵히 함께함은 어떨까요?
언제나 내 편에서 나를 응원해주는
고마운 사람으로 남으면 어떨까요?

아낌없이 모두 다 던져 사랑하기보다는
꽁꽁 얼어붙은 겨울날의 소박한 햇살처럼
한여름 생수 한 사발처럼
바람이 스쳐가는 시원한 나무 그늘처럼
담담하게, 혹은 초연하게
너무 뜨겁지도 차지도 않은
잔잔하고 평화로운
그런 사랑을 하면 좋겠습니다.

4

가족은 천 개의 슬픔을 사라지게 합니다

나에게 가장 가까운 사람들을 돌아보면서
세상에서 가장 행복한 언어로 아침 인사를 건네고 싶어집니다.
오늘 하루도 행복하게 시작하기 위해.

내 마음 괄호 속 이야기를 들춰내보세요

괄호 속 이야기가 있습니다.
괄호 속에는 생략된 이야기가 들어가지요.
그래서 마음으로 하고 싶은 무수한 이야기들을
차마 말로 하기 힘들 때는
괄호 속에 넣어버리고
괄호 밖의 이야기만 합니다.

듣는 이는
말하는 이의 괄호 속이 보이지 않을 때가 많습니다.
그래서 정말 중요한 괄호 속의 정서는 놓치고
괄호 밖 사실만 받아들여 속이 상합니다.

아내는 남편의 사랑이 늘 부족하다고 생각했답니다.
남편은 차마 말로 하기 부끄럽지만

아내를 진심으로 사랑한다고 합니다.

아내가 투정을 부릴 때마다 남편은

"나는 진심으로 당신을 사랑한다."라고 말하기가 민망해

괄호 속에 가두고

못 들은 척 딴전을 피우며

때로는 퉁명스럽게 아내를 쥐어박았답니다.

"사랑은 무신. 사랑이 밥 먹여줘?"라고.

엄마가 아들딸에게 말을 할 때도

"힘들겠구나. 수고했구나."는 괄호 속에 넣고

"참아봐. 그것도 못 해?"가 괄호 밖으로 불쑥 튀어나오기도 합니다.

그래서 상처받고 상처 주며

오랜 세월 아파하는 사람들이 많습니다.

이젠 괄호를 풀어보세요.

생략했던 이야기를 조용히 들춰내보세요.

괄호를 열고 내가 하고 싶은 말을 그대로 해보는

용기를 발휘해보세요.

하지 않던 말을 하려니 힘이 들겠지만

쓰지 않던 근육을 쓰면 처음에 힘들다 곧 익숙해지듯이
금세 편안해지겠지요.

오늘 하루,
용기를 내어 실천해보면 어떨까요?
나의 괄호 속 이야기는 어떤 것들이 있는지
한번 들여다보고 표현해보면 어떨까요?
행복한 소통이 시작될 것입니다.

사랑을 제대로 하려면
자기만의 공간이 필요합니다

우리 이제 조금 멀어지기로 해요.
너무 가까이 있어서
바람 소리 새소리가 들려야 할 내 귓가엔
당신의 숨소리만 들리고
산과 들, 하늘을 바라보아야 할 내 눈길이
당신의 얼굴과 가슴에 머물러
세상이 제대로 보이질 않아요.

우리 이제 한 발씩 물러서기로 해요.
사랑을 제대로 하기 위해서는
나의 공간과 당신의 공간이 필요하지요.
내 공간 안에서 나는 두 팔을 휘저으며 쉬어가고
당신의 공간 안에서 당신은
뒹굴뒹굴 게으름을 부리며 충전하도록

이젠 조금씩 물러서도 좋겠습니다.

아내에게 버릇이 하나 생겼습니다.
스마트폰을 손에서 놓지 못하고
침대 머리맡에 두어야 잠이 듭니다.
딸아이가 미국으로 돌아간 후 생긴 버릇입니다.
아내는 자다가도 휴대폰 안테나 개수에 민감합니다.
밤과 낮이 정반대인 서울과 맨해튼의 시차도 아랑곳하지 않고
딸아이 소식을 기다리는 아내를 보면서
'아, 심각하구나….'라고 생각했습니다.

그깟 소식 대부분은 몰라도 좋을 일입니다.
딸아이가 점심으로 무엇을 먹었는지
몸살이 난 녀석의 회복 속도가 빠른지 느린지
일을 얼마나 즐기며 하는지
새로 산 신발은 어떤 것인지
몰라도 아무 상관없는 일에 너무 많은 애를 씁니다.

몸살은 시간이 지나면 낫게 되어 있고
딸의 하루는 딸의 몫이기에

아무것도 몰라도 아무 상관없는 일이 대부분입니다.

오래전 어느 통신사의 광고처럼
"이젠 잠시 꺼두셔도 좋습니다."

남은 소중한 시간은
진실로 값진 일의 몫으로 쓰이길 바랍니다.

그에게
마음의 문 좀 열어주세요

당신은 내게 당신 안으로 들어오라고 손짓하지만
굳게 닫힌 문을 열 수가 없습니다.
당신은 왜 들어오지 않느냐고 소리치지만
당신의 문은 두드리고 아무리 밀어보아도
좀처럼 열리지 않습니다.
문 좀 열어주세요.

당신은 굳게 잠긴 문은 열어주지 않고
투명한 유리문에 가만히 기대앉아
어서 오라고 손짓만 합니다.

열리지 않는 문 앞에 서본 적이 있나요?
커다란 문이 안으로 굳게 잠겨 있어
아무리 두드려도 열리지 않는 문 앞에

서본 적이 있나요?

안에서 꼭꼭 잠근 문은
열어주지 않으면 들어갈 수 없지요.

우리는 날마다
누군가의 대문을 두드리거나
혹은 누군가가 내 문을 열고 나의 공간으로 들어와
함께하기를 소망합니다.

오늘 저는 마음의 문을 열어두려 합니다.
제가 활짝 열어둔 그 길로 인해
당신의 문이 열리고
시골집 사립문을 열고 들어가듯이
내 집처럼 편안하게
당신의 공간으로 스며들고 싶습니다.
그리고
그렇게 당신도
내 안으로 평화로이 스며들어주길 소망합니다.

화해에도 기술이 필요합니다

"우리 화해하자."
"나는 그때 정말 이런 마음이었어."
"생각해보니 참 미안하다."

이렇게 화해를 하기 위해 대화를 시도합니다.
상대방은 미안하다는 말을 우선 받아들이고
자신의 입장을 이야기하기 시작합니다.

대부분의 화해는 의도대로 잘 마무리되지만
때때로 어떤 화해는
더 큰 문제와 더 큰 벽을 만들기도 합니다.
화해를 하려고 노력할수록
더 깊은 감정의 분화구를 만드는 것입니다.
대부분 부부싸움이 이러하지요.

서로 사랑하고 용서하고 이해하겠다는 서약을 하고
부부라는 거룩한 인연을 맺게 되지만
사랑하고 용서하고 이해하는 일이
내가 이해가 되고, 내가 용서가 되는 범위 안에 갇히는
안타까운 경우가 참 많습니다.
그래서 어느 순간
서로 입을 닫고 지내게 되지요.
보이는 평화를 위해
보이지 않는 침묵 속의 전쟁을 하는 것입니다.

싸움과 화해의 기술이 필요하지만
이러한 기술을 가르치는 곳은 없습니다.
그래서 전문가가 되기가 쉽지 않지요.

어제 온통 하루를 똑같은 문제로
가슴앓이를 하는 부부를 만나면서
이를 어쩌나 싶은 마음에 가슴이 답답했습니다.

건강하게 싸우는 부부는 아름답습니다.
건강하게 자신의 심정을 노출시키고

때때로 이해되지 않더라도
내가 온 세상을 다 이해할 수는 없으니,
그럴 수도 있으리라 생각하며 시간을 두면
시간 속에서 넉넉한 이해가 생겨나기도 합니다.

부부라는 인연,
고이 아끼며 많은 사랑 나누시기 바랍니다.

우리는 날마다
누군가의 대문을 두드리거나
혹은 누군가가 내 문을 열고 나의 공간으로 들어와
함께하기를 소망합니다.

가족과 함께했던 시간이
더없이 소중하고 고맙습니다.

자식을 키우다보면
부모의 마음으로 하느님의 마음을
가끔 알 것도 같습니다.

부부가 함께 만나
오랜 세월 부대끼면서 서로를 알아가는 과정이
때로는 도에 이르는 길일 것도 같다는 생각이 들기도 합니다.

오래 묵은 친구와 귀한 인연의 길을 돌이켜보면
싸움 끝에 다시는 보지 않으리라 작정했던 기억이 있고
그로 인해 마음이 불편했던 추억이 있고
그 추억을 엮어가는 세월이 있습니다.
그리고 지난 이야기는 무엇이든
소주 한잔 기울이면 정겨운 안주가 됩니다.

모든 인간관계에는 갈등이 있고
서로에게 주는 심리적 부담이 있어서
나날이 배우고 익히며
사람이라는 존재의 속성을 깨닫습니다.
나의 속성도 알아차리게 됩니다.

개똥밭에 굴러도 이승이 좋고
금수저가 아니라도 내가 먹던 내 숟가락이 좋다 하지요.
상처 없는 영혼이 없다고 하듯
상처받고 아파하면서
우리 마음속엔 굳은살이 박혀
그다음에 올 상처에 무디어집니다.

돌아보면 참 많은 일이 있었습니다.
내가 살아온 흔적들을 돌아보니
살아 온 날들이
어느 순간 더없이 소중하고 고맙습니다.

곁에서 잔소리해주는 아내가 고맙고
아침마다 아이처럼 안기던 자식들이 고맙고

끊임없이 찾아오시는 내담자들이 고맙습니다.

인연이란 이렇듯 뜨겁게 가까이 있음을 확인합니다.

부부가 서로를 알아가려면 많은 공부가 필요합니다

그와 그녀는 결혼 12년 차 부부입니다.
그들은 열애 끝에 결혼한 캠퍼스 커플이며
만인의 부러움을 받는 커플이라 합니다.
아이가 둘이고
건실한 직장인인 남편과
착실하고 매사에 빈틈없는 아내가 있는 가정입니다.

따뜻하고 정겨워 보이는 집안에서
이혼 이야기가 오가면서
아내는 우울증이 깊어지고
남편은 집에 들어오기가 부담스러워졌습니다.
아이들은 슬며시 엄마 눈치, 아빠 눈치를 보고
남편은 이해할 수 없는 아내의 무수한 요구가 힘겹습니다.
퇴근 후 돌아오면 느긋하게 누워 쉬고 싶지만

그것 또한 눈치가 보여 바늘방석 위에 앉은 것 같답니다.
위로해준다고 한 말이 화근이 되어
아내가 더욱 화를 내는 경우가 너무 많아서
다가서기가 날이 갈수록 어렵다고 합니다.
아내는 시댁이 바로 곁에 있어
늘 시부모님 눈치를 보아야 하고
어느 순간 만사가 귀찮아져서 직무유기중인 그녀를
시댁에선 걱정 반, 미움 반의 시선으로 본다고 합니다.

장남인 남편은
진지하고 신중한 사람이었습니다.
감정보다는 합리적 이성에 바탕을 두고
매사에 침착하고 신중한 사람이었습니다.
반면에 아내는 정서가 매우 발달해서
자상하고 다감한 사람이었습니다.
아직도 사춘기 소녀처럼 밤이면 촛불을 켜고
남편과 차 한잔을 나누고 싶고
어제 본 드라마를 함께 이야기하고 싶고
좋은 노래를 들으면 눈물이 난다고 합니다.
영화 속 주인공처럼 살고 싶은 마음이 여전하며

매사에 빈틈없이 살림도 반짝반짝 윤이 나게
잘 꾸려가는 주부입니다.
할 일을 미루는 법이 없고,
아이들도 깔끔하게 잘 키워온 엄마이기도 하고요.

그 두 사람과 마주하고 열 시간의 상담을 하면서
매사에 완벽하고 반듯한 성격의 아내와
매사에 느긋하고, 감정보다는 이성적 기능을 주로 활용하는
남편의 모습을 확인할 수 있었습니다.

신속 정확한 아내와
시간을 갖고 천천히, 느긋하고 논리적으로 세상을 보는 남편은
서로 얼마나 다르던지
살아온 세월만큼 불만도 쌓였던 것이지요.
뭐든 미루기 좋아하는 남편과
뭐든 숨 가쁘게 해결하고 싶어하는 아내,
두 사람 사이에는 서로를 힘겨워하는 불편함이
점점 더 커지고 있었던 것입니다.

내 입장에 골몰하고, 내 마음에만 집중하다 보면

상대편의 마음은 보이지 않고 불평만 늘어갑니다.
그러나
서로 다름을 존중하고
입장과 위치를 바꿔 서로를 바라보면
상대의 마음이 보이게 되지요.
그들의 심리 회복 속도는
참으로 흥미롭고 놀랍도록 빠르기까지 했습니다.

두 사람은 각자를 향한 원망 대신
새로운 관점에서 서로를 발견하고
지내온 세월들 속에서 서로를 향해 고마웠던 무수한 일,
든든하게 여겨지는 많은 순간,
함께함으로써 행복했던 기억들을 찾아내고
그것을 함께 나누기도 했습니다.

부부 상담이란 생각보다 참 쉽게 해결되고
쉽게 다시금 제자리로 돌아가기도 합니다.
서로 사랑하는 부부에게
눈처럼 내려와 덮인 오해들이 걷히면
어느새 다시금 빛나는

아름다운 두 사람이 손잡게 되곤 합니다.

서로를 알아가는 과정은
많은 공부가 필요합니다.

너무 빠른 여자와 너무 느린 남자는
다시 새로운 사랑을 시작하게 되었습니다.
잊고 있었던 사랑을 되찾은 것이지요.

세상의 모든 부부가
함께 소중한 행복을 이어갔으면 좋겠습니다.

오른쪽으로 가는 아내,
왼쪽으로 가는 남편

부부가 서로의 마음을 잘못 짚어 던진 한마디와
순간적으로 욱하고 올라와 한 행동들이
때때로 화인으로 찍혀 상처가 아물지 않는 경우가 있습니다.

내 감정을 제대로 잘 처리한다는 것
내 감정에 내가 끌려다닌다는 것
내 마음 내 뜻대로 하지 못한다는 것
그런 것들이 세월 따라 만들어내는 흔적은
어느 순간 감당할 수 없을 만큼
크고 두꺼워 아득해지기도 합니다.

도무지 타협이 되지 않을 것 같고
도무지 앞이 보이지 않고
도무지 말이 통하지 않던 사람들도

거대한 얼음을 깨는 것은 작은 바늘이듯이
지나간 작은 기억들의 조각을
하나하나 찾아내어 맞추다 보면
어느 순간 이해하고 용서하는 마음이 됩니다.
작더라도 오해라고 생각될 때는
마음을 다해 이해하려고 노력해야함을 생각하게 됩니다.

사랑은 사소한 감동에서 시작하고
아픔 또한 생각도 하지 못한 무심함에서 시작합니다.

내가 하는 말과
내가 하는 행동과
내 마음이 던지는 소용돌이에 집중할 수 있다면
우리는 스스로의 일상을
가장 아름답게 꾸려갈 수 있을 것입니다.

내 마음속에도 빛과 그림자가 있습니다.

빛과 그림자는 서로 조화를 이루며

서로의 존재를 인정하고 존중합니다.

아들에게 최고의 선물은 아버지입니다

어제 늦은 저녁을 먹으면서
스물여섯살 난 아들이 묻습니다.
"아빠, 저를 키우는 동안 행복한 추억들이 많이 있었나요?"
"많지. 아주 많지.
그 중에서도 네가 아주 아기였을 때…."
기억이 기다리고 있었던 것처럼
마구 떠오릅니다.

우리는 밥 먹는 것도 잠시 잊고
추억에 잠깁니다.
우리는 자주 이런 시간을 갖습니다.
이야기를 나누면서 마치 천국의 식사 시간을 누리는 것 같지요.
아버지와 아들은 이렇게 은밀한 시간이 좋습니다.

아마 엄마와 딸도 그러하겠지요.

아버지와 아들은
엄마와 딸이 모르는 비밀이 많을수록 행복하기도 합니다.
아내가 질색하는 프로레슬링 게임을 보면서
함께 즐기기도 하고
정치와 종교에 관한 이야기도
우리 둘이서만 할 때가 더 좋습니다.
여자와 남자가 서로 달라서 참 좋을 때도 있지만
남자와 남자는 친구 같기도 하고
동지 같기도 해서 더 좋습니다.

우리는 세상에서 가장 가까운 촌수를 곁에 두고 살면서
가깝다는 이유로 무심하거나
믿는다는 이유로
따뜻한 한마디를 생략하고 지내기도 합니다.

나에게 가장 가까운 사람들을 돌아보면서
세상에서 가장 행복한 언어로 아침 인사를 건네고 싶어집니다.
오늘 하루도 행복하게 시작하기 위해.

내 곁에 있는 가족이 바로 천사입니다

천사를 기다린 적이 있습니다.
어린 시절엔 성경 속의 천사를,
그리고 나이를 먹어가면서
보이지 않게 내 곁에 존재하며 나를 도와주는
구원의 천사를 기다린 적이 있습니다.

어릴 적에 그리던 천사는
두 날개를 눈부시게 달고
새들보다 가볍게,
때때로 독수리보다 힘차게 하늘을 날아
내게 다가올 것이라 생각했습니다.

요즈음 만나는 천사들은
나와 같은 모습을 한 친구이기도 하고

내 아내와 같은 모습을 한 중년 여성들이기도 하고
내 아들의 나이와 같거나,
내 딸의 모습과 비슷하기도 합니다.
그래서 언제부턴가 세상엔 천사가 하나뿐이 아님을
깨닫게 되었습니다.

언젠가 사막에서 자동차 타이어가 터진 적이 있습니다.
뙤약볕 아래 서 있기도 힘든 열기 속에서
난감한 마음에 어쩌지 못하고 서 있는데
얼마 지나지 않아 지나가던 이가
타이어를 금세 교체해
걱정 없이 내 길을 갈 수 있게 해주었습니다.
어느 날 길을 잃고 헤매던 어둔 밤에도
지나가던 이가 갈 길을 찾아주었지요.
제가 만난 이들은 제게 모두 천사였습니다.

사전 속에 존재하는 천사도
오늘 내 곁에서 함께 살아가는 모든 사람이며
가끔씩 메시지를 보내는 내 안의 작은 소리들에서도
천사의 소리를 들을 수 있습니다.

가끔씩은 내가 천사가 될 수도 있어 행복합니다.

그리고 내 곁에 함께하시는 모든 분이

천사여서 고맙습니다.

균형과 조화,
행복한 가정을 만드는 조건입니다

오른쪽과 왼쪽
위와 아래
앞과 뒤가 있음을 압니다.
음양의 이치가 세상에 가득하지요.

내 마음속에도 빛과 그림자가 있습니다.
빛과 그림자는 서로 조화를 이루며
서로의 존재를 인정하고 존중합니다.

좌뇌와 우뇌도 그렇습니다.
지극히 우뇌가 발달된 사람도 있고
극단적으로 좌뇌의 기능이 활성화된 사람도 있습니다.
그 두 사람이 하는 말이나 행동은
화성에서 온 사람과

금성에서 온 사람처럼 서로에게 낯설기만 합니다.

세상만사가 균형과 조화를 이룰 때
편안하고 넉넉한 여유가 생깁니다.

나는 감정에 이끌리고 분위기에 홀려
기분 따라 하루를 살아가는 건 아닌지,
아니면 모든 것을 합리적으로 생각하고
자로 잰 듯이 정확하게 말하고 움직이며
사람을 이해할 때도 사실에 근거해
현실적으로만 바라보는 건 아닌지….
또는 양쪽을 두루 화합해
시시때때로 상황을 잘 파악하고 적절하게 조율해
아름다운 눈으로 삶을 통찰하고 있는지….

진지하게 생각해봅니다.
어느 한쪽으로 치우쳐서 일어나는 아픔들을 접어두고
오늘 내 마음의 중심을 어디에 놓고
스물네 시간을 맞이할 것인지를 생각해본다면
하루가 좀더 의미 있게 다가올 듯합니다.

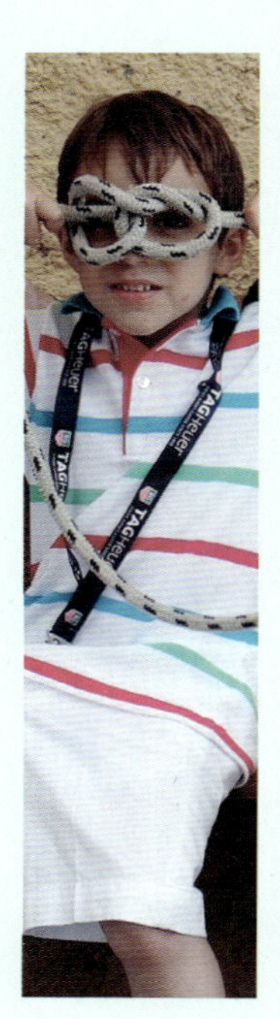
TAGHeuer

5

내가 살아가는 이유는 바로 가족입니다

제대로 소통한다는 것이 얼마나 중요한 것인지요.
모두가 평화로운 마음으로 서로를 축복하는 세상이 되길
뜨겁게 소망합니다.

어머니,
정말 많이 그립습니다

가을이 되면 어머니 생각이 납니다.
어느 가을 홀연히 떠나신 어머니 생각이 납니다.

제 어머니는 제가 생후 6개월이었을 때
세상의 절반이던 아버지를 잃었습니다.
그 이후 저는 어머니의 모든 것이 되었지요.
어머니는 제게
아버지께서 그리 빨리 세상을 떠나실 줄은
정말 몰랐다는 말씀을 두고두고 하셨습니다.
아버지와 함께한 그리 길지 않았던 세월은
어머니 인생의 전부였기에
어머니는 일생을 두고 아버지 이야기를
길게 이어가며 아들인 제게 하셨지요.
청상과부가 된 어머니와 아들의 이야기에는

한 여자의 일생이 고스란히 남아
애잔한 음악처럼 맴돌며 그리움에 젖게 합니다.

어제 늦은 밤길을 운전하며 문득 올려다본 어두운 하늘에서
어머니의 환한 웃음을 보았습니다.
가을이 오자마자 떠난 어머니 생각에
갑자기 눈시울이 붉어졌습니다.
어머니가 많이 그립습니다.
아내도 저도 가을날 우리의 어머니를 떠나보내
가을이면 같은 그리움에 빠져들게 됩니다.

함께할 때 얼마나 소중했는지를 잊고 살다가
떠나간 후에는 두고두고 가슴앓이를 하며
그리움이라는 이름으로 되새김질을 합니다.

지금 곁에 어머니가 계시다면,
전화기를 들고 버튼을 누르면
어머니의 목소리가 수화기 저편에서 들린다면,
내가 보낸 문자를 보고 답을 보내줄 엄마가 있다면
참 좋겠다 싶습니다.

어머니라는 이름이 가슴에 남아 맴도는 새벽
내 어머니를 불러봅니다.

기억이 때로는
우리를 속입니다

내 기억이 언제나 진실은 아니더군요.

내가 선명하게 기억하고 있는 어떤 사실이
알고보니 전혀 진실이 아니었다면 당황스럽겠지요.
내가 정말 구체적으로 떠올릴 수 있는 기억이
전혀 사실이 아닌 나만의 착각이었다면 믿을 수 없겠지요.

내 머릿속에 저장된 삶의 기억들은
때로는 전혀 엉뚱한 모습으로
때로는 전혀 사실이 아닌 모습으로 담겨져 있기도 합니다.

기억의 오류라는 것이지요.
나의 무의식적 선택이
내가 진정으로 원치 않는 기억을

지워버리기도 하고, 왜곡시키기도 함을 자주 봅니다.

걸음마를 겨우 뗄 때부터 아버지에게서
엄청난 폭력을 경험한 여성은
대인불안 증상이 극도로 심했지만
매를 맞은 기억은 전혀 없다고 합니다.
함께 온 어머니가 눈물로
어린 시절부터 지금까지 술에 취한 아버지에게
끝없이 당한 주먹질에 대해
울먹이며 상처를 회복시켜달라고 부탁했지만
그녀는 아버지에게 맞은 기억이 하나도 없다고 합니다.

폭력이 난무하는 가운데
극에 달하는 고통을 느꼈던 순간들을
그녀의 무의식은 지우개로 깨끗이 지워버렸지요.
슬픔을 가라앉히고
고통을 견딜 수 있게 하고
아버지라는 존재를 버리지 않고 덜 원망할 수 있도록
자신을 지켜나가고 있었던 것입니다.

기억은 때때로 내가 간직하고픈 것만 저장하기도 합니다.
누군가와 긴 이야기를 나눌 때,
혹시 그가 사실이 아닌 말을 하더라도
거짓말을 한다고 단정 짓지 말고
조금 더 깊은 눈으로 그 사람을 살펴볼 수 있다면
말 너머에 숨겨진 아픔이 보일 수도 있을 것입니다.

나와 달라서 내게 상처를 주는 사람,
나와 달라서 차마 이해할 수 없는 그런 사람까지도
마음속 깊이 따뜻한 온기를 서로 나누며
혹시라도 기억조차 버리고 싶은 아픔을 지닌 누군가가 있다면
조건 없이 그의 손을 잡아줄 수 있게 되기를 기도합니다.

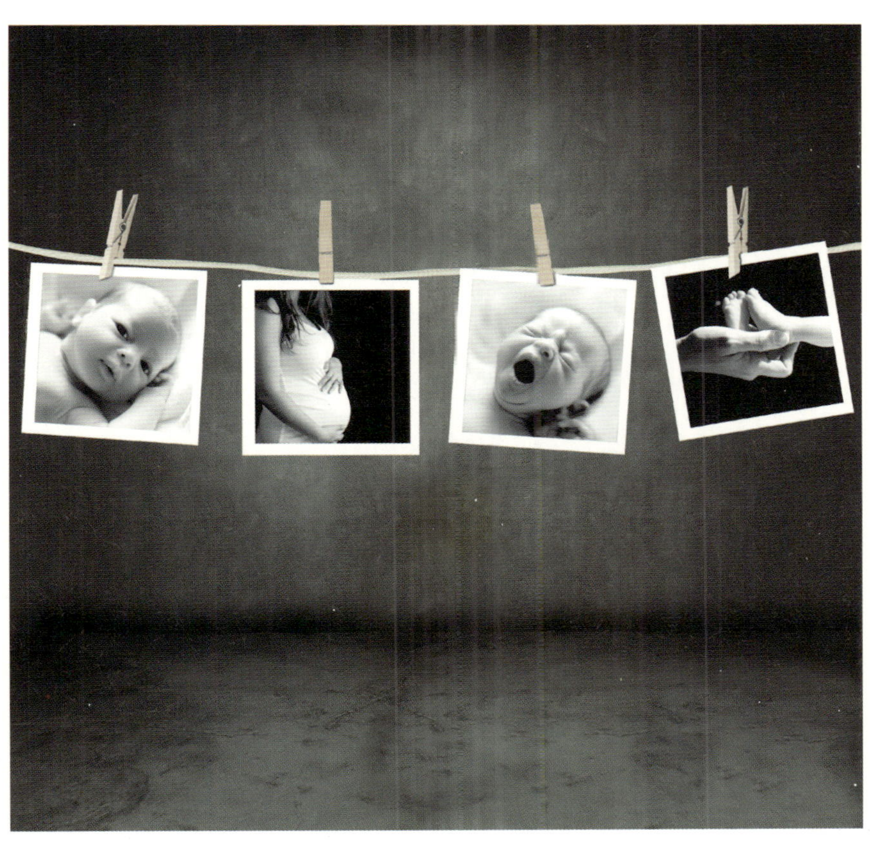

그녀를 진심으로 응원합니다, 파이팅!

쉰다섯살의 그녀는 우울증과 대인기피증,
그리고 폭식으로 인한 비만으로
세 자매의 손에 이끌려 상담을 받으러 왔습니다.
그녀와 세 자매가 쏟아내는 이야기는
듣는 사람의 마음까지 아릿한 아픔을 느끼게 했습니다.

남아 선호 사상이 짙은 부모 밑에서 자란 그녀는
남동생이 태어나자마자
세상에 없는 것과 같은 존재가 되었다고 합니다.
남동생만 눈에 보이는 부모님은
네 딸을 모두 식충으로만 생각했다지요.
애지중지 키워진 두 아들은
누나나 여동생들에게 거칠기 짝이 없었으며
내담자인 그녀는 남동생의 기분에 따라

화풀이 대상으로 심한 매질을 당했다고 합니다.
하지만 어머니는 어떤 경우에도 철저히 아들 편이었고
거기다 아버지의 잦은 음주 문제로 집안은 조용할 날이 없어서
불안과 공포에 짓눌린 그녀는
그 시절부터 극심한 불안으로 인한
무기력과 우울을 학습한 듯합니다.

한 번도 결혼을 생각해보지 않은 그녀,
그녀는 어린 시절부터 남자가 싫었다고 합니다.
아버지도 싫고, 남동생도 싫고,
중학교 때 남학생들의 싸움 현장을 구경한 이후부터
더더욱 남자가 두렵고 무서웠으며,
결혼은 공포이며 스스로 아무런 능력이 없다고 생각한 그녀는
자신이 제대로 할 수 있다고 생각되는 일이 아무것도 없기에
앞으로 살아갈 길이 막막했었다고 합니다.

그녀의 마음속엔 자존감, 꿈, 희망 같은 것은 전혀 없어 보였습니다.
그녀는 아무것도 할 수 없는 자신을 발견할 때마다
더 깊은 좌절을 맛보곤 했으며
그런 자신이 싫어서

가족들과 눈을 마주치기도 싫고
말을 섞고 대화를 하기도 부담스러워
불안과 초조로 남은 삶을 근근이 살고 있었습니다.
동생들의 말에 따르면 언니는
아무리 부당해도 가족에게 한 번도 말대꾸를 한 적이 없을 만큼
착하고 유난히 유순했다 합니다.

엄마 마음에 들기 위해 아파도 소리 한 번 낸 적이 없으며
엄마가 걱정할까 마음이 쓰여
남동생에게 죽도록 맞으면서도 한 번도 고자질을 한 적이 없을 만큼
참고 또 참으며 속으로만 삭였다고 합니다.
언니보다 강한 성격의 여동생들은 결혼을 하고 가정을 꾸리면서
친정과 남동생에 거리를 두고 지내지만
언니를 생각하면 안쓰러워 잠이 오질 않는다고 했습니다.

아직도 홀로 늙은 어머니의 수발을 들며
자신의 삶을 소모하고 있는 언니를 보며
여동생들은 언니의 삶을 찾아주자는 결론을 내리고
상담을 의뢰하게 된 것이었지요.

상담실에 마주 앉은 그녀는
처음부터 입을 굳게 다물고 뭘 물어도
"모른다." "아니다." "괜찮다."라고만 말할 뿐이었습니다.
여러 차례 상담이 진행되고 어느 정도 친밀감이 형성되고 나서야
조금씩 자신의 속마음을 내비치기 시작했습니다.
"이렇게 살면 뭐하나 싶은 생각이 자꾸만 든다."라는 말도 하고
"얼른 죽을 수 있는 방법이 있다면 좋겠다."라는 말도 하고
"남동생이 가끔 집에 오는 날은 하루 종일 가슴이 벌렁거려
손이 떨리도록 무섭다."라는 말을 하며 눈물을 흘리기도 했습니다.

하고 싶은 일이 무엇인지,
어떻게 살고 싶은지를 물어보자
"폭식을 그만둘 수 있으면 좋겠는데 잘 안 된다."라고 하고
"살을 빼고 싶고, 기술을 배워 뭔가 일자리를 찾고 싶다."라고 하며
조금씩 할 수 있는 일에 대한 가능성의 물꼬를 터가며
그녀의 얼굴에는 의지가 생겨났습니다.
끊임없이 잔소리를 하는 노모에게 "그만하라."라고
말대꾸도 할 수 있을 만큼 힘이 생기고
자신이 살아오는 동안 얼마나 속상한 일이 많았는지에 대해서도
가끔은 투정처럼 이야기도 하곤 합니다.

그리고 얼마 전부터 그녀는
지인이 운영하는 일터에서 설거지와 청소를 하며
가게를 돕게 되었는데 아주 작은 돈이지만
스스로 번 수입이 생겨 정말 행복하다고 합니다.

그녀는 긴 세월 못다 피운 꽃을 지금에야 조금씩 피워가려 합니다.
뼈에 사무치게 서럽고 외로웠던 과거의 많은 아픔을 닦아내며
그 자리에 새 꿈을 심고 있는 중입니다.
나이가 뭔 대수냐, 지금부터 시작해도 늦지 않았다고 응원해주는
동생들의 박수갈채를 받으며 그녀는 이제 홀로 일어서고 있습니다.

어린 시절의 아픔과 상처, 편애와 폭력은
골수에 새겨져 당하는 이의 마음을 꽁꽁 얼어붙게 만듭니다.
우리 모두는 사랑이 필요하며
서로 나누고 응원하며 살아가야 할 존재임을 다시 한 번 깨닫습니다.
이제 그녀에게 좀더 찬란한 앞날이 펼쳐지기를
소망합니다.

나와 달라서 내게 상처를 주는 사람,
나와 달라서 차마 이해할 수 없는 그런 사람까지도
마음속 깊이 따뜻한 온기를 서로 나누며
혹시라도, 기억조차 버리고 싶은 아픔을 지닌 누군가가 있다면
조건 없이 그의 손을 잡아줄 수 있게 되기를 기도합니다.

한결같은 남자,
반전을 꿈꾸는 여자

당신은 반전을 즐기나요?
아니면
반전을 피곤하다 생각하나요?

제 곁에는
늘 새로운 반전을 꿈꾸고
나날이 그런 삶을 보여주는 여자와
늘 한결같이 흐르는 깊은 강물 같은 남자가 함께 있습니다.

반전을 꿈꾸는 여자의 삶은 아주 버라이어티해서
어디로 튈지 모르는 고무공 같습니다.
때로는 지켜보는 이를 조마조마하게 하지만
외줄 타는 사람이 아슬아슬 줄을 밟다가
사뿐히 착지를 하는 모습을 보며 갈채를 보내듯이

그 여자도 환상적인 착지의 모습을
자주 보여줍니다.
사람들은 그녀의 반전을 즐기고
그녀의 삶을 궁금해합니다.

늘 한결같은 남자는
매사에 마음 쓰이게 하는 일이 없습니다.
자신의 일은 완벽히 해내고
따뜻한 마음으로 세상을 감싸며
하루하루를 일정대로 살아가고
그렇게 자신의 삶을 설계합니다.
그를 바라보면
지켜보는 마음도 편안해집니다.
때때로 위로가 필요할 때 그를 찾으면
그는 언제나 부드럽고 다정하게 마음을 담아
최선의 위로를 건네줍니다.
그는 자신의 소신대로, 곁을 크게 돌아보지 않고 살아갑니다.
그는 자신이 좋아하는 세상을 챙기며
작은 반경 안에서의 삶을 즐깁니다.

반전을 꿈꾸는 여자는 스물일곱 제 딸이며
한결같은 남자는 스물여섯 제 아들입니다.
그 둘을 바라볼 때마다
저는 어느 줄에 서서 제 인생을 살아갈까 작은 고민을 합니다.

당신은 반전을 꿈꾸는 삶을 살고 있나요?
나날이 역동적 삶을 꾸려가나요?
아니면
늘 한결같이 든든한 믿음을 주며
소신껏 세상을 살고 있나요?

만약,
당신이 반전을 즐기는 사람이라면
가끔은 아주 착실한 교과서 같은
모범 답안이 보이는 세상도 기웃거리면 좋겠습니다.
또한 당신이 삶의 정석을 밟아가고 있는 사람이라면
개구리처럼 어디론가 마음껏 튀어보아도 좋겠습니다.
전에 없던 일상을 거꾸로 걸어보듯 신기한 마음으로
맘껏 즐겨보아도 좋겠습니다.

제대로 소통하면 가정에 웃음꽃이 핍니다

충동 조절이 잘 안 됩니다.
분노 조절이 잘 안 됩니다.
내 마음을 내가 어찌할 수 없습니다.
생각만 해도 화가 치밀어 폭발할 것 같습니다.
너무 미워 피가 거꾸로 솟는 것 같습니다.
증오와 미움이 하늘에 닿을 것 같습니다.
이런 마음으로 순간순간을 견디며 살아가는 분을 만났습니다.

미움과 화, 분노라는 감정은
참 이상하게도 증폭이 잘 됩니다.
솔방울처럼 조그맣던 분노와 미움은
조금만 집중하면 금세 태산처럼 커집니다.
작은 미움은 순식간에
여태 살아온 동안의 모든 미움을 한순간에 불러와서

커다란 해일을 만들고
순식간에 나의 모든 정서를 분노 덩어리로 만듭니다.

채널 A의 〈그 여자 그 남자〉의 솔루션에 참여해
부부 상담을 하다 보면 긴 한숨이 절로 날 때가 많습니다.
서로를 더없는 악연으로 여겨
하루하루 지옥처럼 전투를 치르는 부부가 참 많다 싶습니다.
하지만 심리상담을 통해 서로의 깊은 내면을 맞닥뜨리고나면
그동안 제대로 이해하지 못했던 상대방의 속마음을 대하고
미안함의 눈물을 흘립니다.
사람의 감정이란 이리도 쉽게 요동치고 출렁입니다.

불구대천의 원수 사이가 되는 것도 알고보면
서로에게 치명적인 과오가 있어서라기보다는
일상의 사소한 일들이 제대로 소통되지 않아
하나의 오해가 지나간 오해 위에 얹혀
한순간에 서로를 흔들어놓는 위력을 발휘한 것입니다.

소통이란 이렇듯 중요한 것이지만
우리는 어떻게 소통해야 하는지를

전문적으로 배우지 못한 채,
일상을 살아갑니다.

누군가가 너무 밉고
가슴에 응어리만 쌓여간다면
나 스스로를 사랑하기 위해서라도
전문가의 도움을 받아 문제를 풀어보시기 바랍니다.
심리상담을 통해 나를 아프게 하는 기억들을
찾아내고 거둬보시기 바랍니다.

제대로 소통한다는 것이 얼마나 중요한 것인지요.
모두가 평화로운 마음으로 서로를 축복하는 세상이 되길
뜨겁게 소망합니다.

아버지가 계시다는 것을 너무 늦게 알았습니다

요즘 저희 집안에 어두운 그림자가 드리웠습니다.
아내의 얼굴빛이 어두워졌습니다.
친정아버지가 느닷없이 암 말기라는 소식을 듣게 되었는데
더구나 전이가 많이 된 상태여서 회복이 어려울 것 같다 합니다.
평소 아버지와 별로 좋은 기억이 없다던 아내는
지금 마음으로 울고 있습니다.
'심각한 상태'라는 한마디에
지나간 모든 먼지가 씻겨나간 모양입니다.
불행 중 다행이구나 싶습니다.

시한부 삶을 살아가는 가족을 곁에 둔 모든 사람의 마음이 그렇듯
하루하루가 애절하고 간절해
사람의 힘으로 어찌할 수 없는 일임에도
세상의 모든 기적을 찾아보며

그것이 나의 기적이 되기를 바라게 됩니다.

시한부 삶이라는 말을 들으면서
우리 모두 시한부 삶 앞에 놓인 촛불 같은 존재라는 생각이 듭니다.
우리 모두 내가 언제 어떤 모습으로
이 세상을 홀연히 떠날지 생각해봅니다.
떠나갈 날을 모르는 것과
떠나갈 날을 조금은 알고 있는 것은
큰 차이가 있겠지요.

쉽지 않은 용서도
영원한 이별 앞에서는 한순간에 찾아오고
사랑이 아무리 어려워도
이별을 앞에 두면 내가 그를 얼마나 사랑했었는지
깨닫게 됩니다.

부모와 자식의 인연은 천륜이라는 말로 부르지요.
세상의 모든 부모는 눈에 넣어도 아프지 않을 자식을 키우며
더없이 행복한 세상을 만나고 감사를 배우며
자식은 부모라는 울타리 속에서

꽃을 피우고 열매를 맺습니다.

시한부를 앞둔 부모님의 모습을 떠올린다면

쉽지 않은 용서도

쉽지 않은 사랑 고백도

어렵지 않을 것입니다.

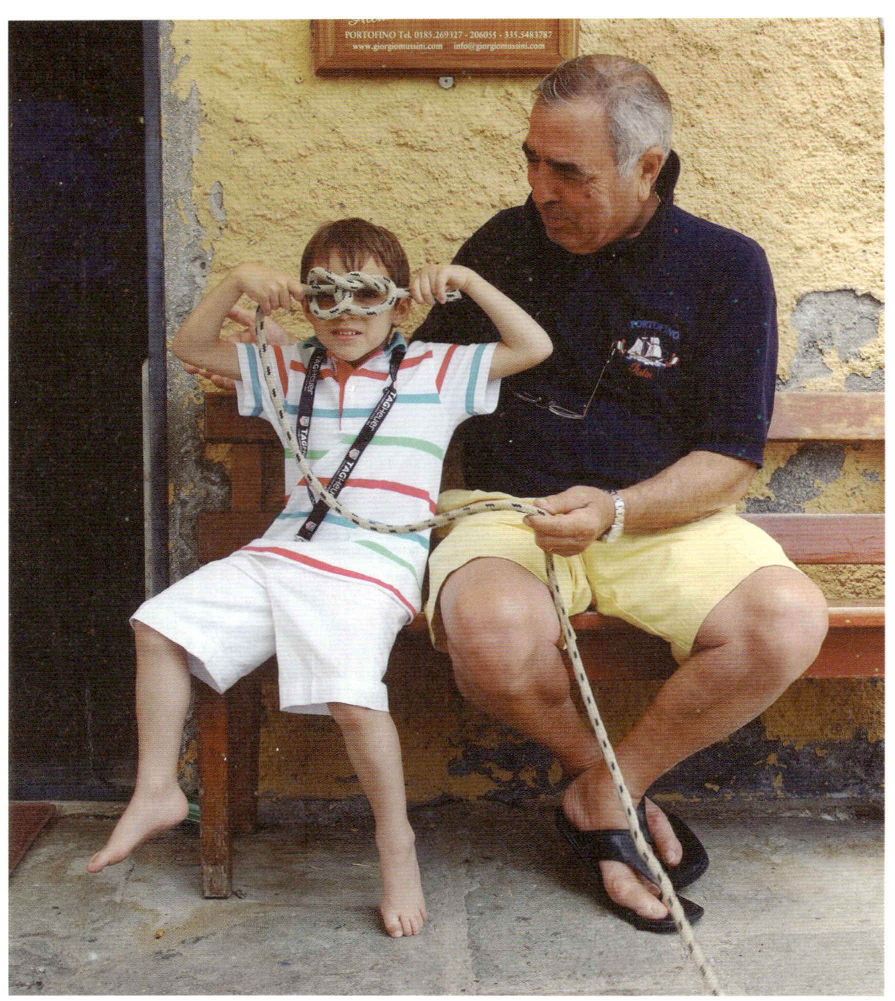
PORTOFINO Tel. 0185.269327 - 206055 - 335.5483787
www.giorgiomussini.com info@giorgiomussini.com
PORTOFINO
TAGHeuer

©김원섭

오늘 하루도
누군가와 그렇게
마음과 마음 사이의 간격을
좁혀봐도 좋겠습니다.
그것 또한 즐거운 경험이 되겠지요.

가족 간에 있는 그대로 솔직하게 말하는 것이 중요합니다

여름날이 피워온 접시꽃의 아름다움이 절정입니다.
분홍빛 꽃잎이 하늘을 바라고 선 모습을 보면
어느 시인의 시 한 구절이 떠오릅니다.
접시꽃의 꽃잎은 바라볼수록 세상이 담긴 듯합니다.
여름이 넘치는 시간 속에서
꽃들은 지천으로 피고
장맛비를 맞으며 푸른 잎새는 더욱 푸르러갑니다.
꽃잎의 씨앗은 점점 여물어
여름 속에서 가을이 잉태되어갑니다.

지난주에는 숨 돌릴 겨를이 없었습니다.
눈에 보이지도 않고 만져지지도 않는 마음이라는 것,
'보이지 않아 없구나!'라고 생각하면
어느새 태산 같은 모습으로 드러나

모든 것이 마음에서 시작하고 끝남을 보게 합니다.

마음과 말은 하나인 것 같습니다.
마음이 말로 이어지고
말은 허공 속에 흩어진 듯 보이지만
길고 긴 생명력으로
사람을 살리기도 하고
때로는 아프게도 합니다.

말을 할 때는 한 가지 의미를 담는 것이 좋습니다.
내가 마음을 담아 하는 말과
듣는 사람이 이해하는 의미가 같아야 합니다.
"가라."라고 하는 말 속에 담긴 뜻이
"절대 가지 마라."라는 어조라면 듣는 사람은 혼란스럽습니다.
"괜찮다."라는 말 속에 담긴 뜻이
"절대 괜찮지 않다."라고 한다면
우리 마음속에는 혼란이 옵니다.
심층언어와 표층언어는 한결같아야 합니다.
내가 비록 "좋다."라고 했지만
내 마음속이 "나쁘다."라고 생각했다면

나는 어조와 표정과 음성으로 그것이 나쁜 것임을
상대에게 전달하게 되고
그 말을 듣는 사람은 말과는 다른 뜻에 헷갈리기 시작합니다.

엄마가 아이에게
아내가 남편에게
친구가 친구에게
이렇게 말한다면 우리의 관계는 벽이 생기고
점점 더 커지는 균열이 일어납니다.

내 마음속의 생각을 꺼내어 말할 때
있는 그대로 솔직히 말하되
듣는 사람을 배려하는 작은 마음을 담을 수 있다면
우리가 살아가는 세상의 혼돈은 줄어들 것입니다.

함께한다는 것,
그래서 가족입니다

함께 밥을 먹고
함께 목욕을 하고
함께 여행을 떠나는 일들은
가깝지 않으면 힘든 일이기에
참 의미 있는 일입니다.
그래서 가족이라는 이름 속에는
함께 밥을 먹고 목욕을 하고
어디든 같이 가는 사이라는 의미도 있겠지요.

목욕을 함께한다는 것은
입은 모든 옷을 벗고
있는 그대로의 서로를 만나는 순간이지요.
그 순간엔 안경도 벗고
몸에 걸친 모든 것을 내려놓습니다.

처음의 서먹함이 지나가면
어느 순간부터 온기가 느껴지고
서로가 어느새 동지가 됩니다.
밥을 먹거나 여행을 함께하는 일도 마찬가지지요.
낯설던 처음이 금세 낯설지 않고
익숙한 풍경으로 바뀌는 경험을 해본 적이 있을 것입니다.

사람과 사람 사이의 거리는
한순간에 사라지기도 쉽고
까마득하게 멀어지기도 쉽습니다.
어떤 이와 가까워지려면
함께 밥을 먹고 차를 마시며
혹은 짧은 산책길을 즐기며
긴 이야기를 나누어보세요.

오늘 하루도
누군가와 그렇게
마음과 마음 사이의 간격을
좁혀봐도 좋겠습니다.
그것 또한 즐거운 경험이 되겠지요.

©김원섭

남편과 아내는 점쟁이가 아닙니다, 독심술을 못 합니다

마음을 읽어보신 적이 있나요?
내 마음을 읽어가다보면
내가 내 마음을 제대로 읽고 있는 것인지
확신이 없어집니다.
나는 내 편이기 때문에 객관적이기 어렵지요.

그러면서 우리는 남의 마음을 읽습니다.
어느 때는 내 마음보다 더 쉽고 간단하게
남의 마음을 읽어냅니다.

내가 뭔가 골똘히 생각하고 있을 때
누군가는 '화가 났구나.' 생각합니다.
일상의 소소한 이야기를 나누고 싶어하는 그의 말을 들으며
급히 처리해야 할 일로 마음이 바빠

그 사람은 거절의 의미로 받아들여
서운해합니다.

엄마가 아이에게 "숙제 다 했니?"라고 물으면
아이는 "왜 공부 안 하고 놀고 있었니?"로 해석해
짜증이 납니다.

아내가 남편에게 "나를 사랑하느냐?"라고 물을 때
표현이 서툰 남편이 말없이 나가면
"나를 사랑하는 마음이 별로 없구나."로 해석해
속상합니다.

사소한 한마디로 남의 마음을 읽고
내가 읽은 그것대로 정의해
상처를 받습니다.

마음을 바르게 읽으면 참으로 아름다운 관계가 되지만
잘못 읽으면 괜한 오해를 만들어
그 사람을 제대로 판단할 수 없게 되고
건강한 소통을 할 수 없습니다.

누군가의 마음을 읽어주는 것은 아름다운 일이지만
제대로 잘 읽어주는 것이 더 중요하지요.
잘못 읽을 수도 있음을 미리 염두에 둔다면
다시 한 번 착하게 질문해보아도 좋을 것 같습니다.

"내가 이해하고 받아들인 것이
제대로 이해한 것인지요?"
웃음 어린 질문을 해보아도 좋겠습니다.

엄마의 지독한 사랑 앞에 아이는 숨이 막힙니다

"아이는 밤새 공부를 합니다.
열심히 하는데도 성적이 바닥입니다.
엄마가 보기에 머리는 정말 좋은 아이입니다.
초등학교 때는 정말 공부를 잘했는데
중학교에 간 이후 점점 성적이 떨어지더니 이젠 바닥입니다.
최면치료를 하고 심리상담을 하면
성적이 오를까요?
아이의 성적만 오른다면 제 영혼이라도 팔겠습니다.
돈이 아무리 많이 들어도 상관치 않겠습니다.

세상에서 가장 좋은 엄마
최고의 엄마가 되고 싶었어요.
내 아이 다칠세라 힘들세라

노심초사 마음 놓은 순간 없이 살았습니다.
지금도 내 아이를 바라보면 몹시도 예뻐 가슴이 뛰니다.
내 인생은 접고 아이의 삶에 들어가 최선을 다했습니다.

필요한 것이 있다면 다 사주고
강남으로 이사를 한 것도 아이를 위해서였습니다.
그런데 아이는 왜 성적이 오르지 않는 걸까요?
내가 죽어서 해결될 문제라면
내 목숨도 내놓겠다는 생각으로 밤마다 눈물짓습니다."

며칠 전 만난 어머니의 말씀입니다.
이 지독한 사랑 앞에 선 아이는
엄마의 사랑에 숨이 막힐 것 같다고 합니다.
엄마가 하는 모든 말은
성적이 관련되어 있고
엄마가 하는 모든 말의 결론은 공부이기에
아이는 짜증이 나고 때로는 숨이 막힐 것 같지만
엄마가 서운해하고 울 것 같아서
말도 하지 못한답니다.

나는 버려둔 채 맹목적으로 아이에게 몰입하는 사랑은
건강한 사랑이 아님을 설명하느라 몇 시간이 지났습니다.
늘 바짝 다가가 앞선 걸음으로 끌고 가는 사랑보다는
몇 걸음 떨어져서 기다리고 지켜봐주고
도움이 필요하면 그 손 잡아주라고 하니,
엄마는 그렇게는 못 하겠다고 합니다.
차라리 죽는 게 낫겠다고 합니다.

마음이 답답해지는 자식 사랑 현장에서
내가 하는 모든 사랑은 얼마나 건강한 사랑인지,
건강한 사랑법에 대해 다시 한 번 생각해봅니다.

6

상실의 시대, 가족은 우리에게 위로입니다

소통의 기술은 생각보다 힘들고
제대로 소통을 한다는 것은
인내를 필요로 합니다.

가족에게 못다 한 한마디, "미안해, 고마워, 사랑해."

고맙습니다.

정말 감사합니다.

그동안

고맙다는 말도 제대로 하지 못했습니다.

조금 쑥스럽고 어색하지만 용기를 냅니다.

다시 한 번 고맙습니다.

오랫동안 마주 하지 못했던 가족들과 함께한 시간,

그동안 놓치고 있었던 고마움을 되찾는

소중한 시간이면 좋겠습니다.

부모님께 말씀드리고 싶었지만

쑥스러워 하지 못 한 한마디를 찾아보고

아내에게, 남편에게 때를 놓쳐 못 한
고마움도 찾아보고
전해보세요.

오랫동안 말없이 안아주고
어깨를 토닥여주고
조용히 등을 쓸어드리는 것도 좋겠지요.
사랑과 고마움의 한마디를 전하는 일도 좋겠습니다.

고마운 마음, 감사한 마음
마음으로만 담아두지 마시고
오래 묵은 포도주를 열어 향기를 음미하듯
가슴속의 사랑을 꺼내어
아름다운 고백을 건네보시기 바랍니다.

추억 속에 가족이 있어
정말 감사합니다

잠시의 여행으로 오래전의 기억을 만났지요.
추억이라는 앨범을 들추어보니
오래된 물건에는
오래된 향기가 머물고 있었습니다.

오래된 친구에게는
편안하고 넉넉한 기운이 감돕니다.
그 친구와 함께하는 시간은
쉬어가는 시간이었습니다.

깊은 산사에서 귀하게 받은 밥상은
보기에 거친 잡곡밥 한 그릇과
반찬 없이 소박한 된장국만으로도
마음과 몸이 포만감으로 행복했습니다.

어른이 된 내 아이들이 뛰어놀던 장소와
그곳에서 머물며 보낸 시간들 속에는
젊은 아빠와 어린아이들의 웃음이 있었습니다.
잊고 있었던 세월을 돌아보니
아이들이 제게 주었던 기쁨과 행복 속에는
조건 없는 즐거움이 있었습니다.

그냥 참 좋았던 시절이었습니다.
그냥 참 즐거웠던 시간들이었습니다.
그냥 참 고마운 날들이었습니다.

내 머리카락이 더 희어지고
내 손등 위의 주름이 더 늘어난
먼 훗날 어느 시간 문득 돌아보면
지금 이순간도 더없이 소중한
기쁨의 지난날들이 되어 있을 테지요.
함께할 수 있음이
이리 큰 감사와 감격으로 다가올 줄을
뒤늦은 나이에 깨닫게 됩니다.

그냥 참 고마운 날들입니다.

더불어 그냥 참 감사한 사람들입니다.

모든 것은 과정이란다.

급하게 뛰지 말기를 바란다.

사람은 나날이 성숙해가는 시간선 안에 머물고 있단다.

이미 네가 다 알고 있겠지만

다시 한 번 들려주고 싶은 아빠의 마음을 읽어주었으면 좋겠다.

가족이 가족을 버리면 어떻게 하나요?

어린 시절 부모님의 이혼과
친구들의 따돌림
아버지 없이 새엄마와 있는 공간에서 먹은 눈칫밥
아무리 노력해도 좋아지는 것 하나 없던
그 기억을 지우고 싶습니다.

결혼을 할 약혼자가 알고 보니
과거에 깊은 교류가 있었던 여자가 있었습니다.
그 사람을 놓치고 싶지 않은데
그 사람의 과거가 자꾸만 영화처럼 그려집니다.
앞으로의 사랑과 결혼생활이 자신이 없어집니다.
차라리 듣지나 말 것을 후회가 됩니다.
내가 들었던 그 이야기들을 지우고 싶습니다.

중학교 때부터 친구들로부터 당한 폭행과
비굴하고 비겁하게 눈치 보며 지냈던 학교생활과
남 몰래 두근거리는 가슴 안고
하루가 지옥 같았던 그 시간이 생각날 때마다
어디론가 사라지고 싶습니다.
그 어둡고 긴 시간을 지우고 싶습니다.

내가 살아오는 동안 버리고 싶었던
떠올리고 싶지 않았던
부끄러웠던
분노할 수밖에 없었던
그 모든 기억을 지우고 싶습니다.

머릿속에 지우개가 있다면
문지르고 또 문질러
깨끗이 지우고 싶습니다.
비누칠을 해 빨래를 하듯이
묵은 부끄러움과 분노를 지우고 싶습니다.

기억이란 이렇게 아픈 것일 때가 많나 봅니다.

무심코 지나간 상담일지들을 들여다보다가
기억이 만든 아픔을
다시 한 번 돌아봅니다.
지우개처럼 지울 수는 없다 하더라도
내 마음에서 밀어내 더이상 문제가 되지 않도록
그 기억들을 줄이고 버릴 수는 있기에
너무 아파하지 마시고
사랑으로 감싸 안으시길
기도합니다.

황혼이혼,
더이상 남의 이야기가 아닙니다

황혼을 맞으신 부모님의 이혼 관련 상담은
대체로 자녀분들이 부모님의 고통을 지켜보기 힘들어서
의뢰하는 경우가 많습니다.
그분들의 이야기는
평생을 살아온 회한을 그대로 보여주어
마음을 쓰리게 합니다.

대부분 평생 남편의 의처증을 운명으로 받아들여
때리면 맞고
속이 상하고 억울해도 담담하게 받아들이며
한평생을 살아오신 분들이어서
상담에 대한 의지가 약한 경우도 많습니다.

그러한 심리적인 고통이 전문가의 도움으로

©김원섭

개선될 수 있음을 전혀 생각하지 못하시고
자신의 업으로 가슴에 담고 일생을 살아가지요.
그러다 자녀가 장성하면
부모님의 고통을 보다 못해 해결 방법을 찾다가
결국 상담센터를 찾는 경우가 많습니다.

대체로 의처증이 흔한 경우지만
때로는 의부증인 경우도 있습니다.
의부증을 가진 어머니가 일생 아버지를 학대하고
괴롭히는 모습을 지켜본 따님이
부모님을 모시고 오는 사례도 더러 있었습니다.
그러한 경우는 아버지나 어머니 모두
힘겹고 고통스러운 상태인데
의심을 하는 쪽도 의심을 당하는 쪽도
모두 피해자처럼 느껴집니다.
그러한 증상이 시작되는
첫출발의 메커니즘은 대부분 비슷하지만
대개가 자신의 자존감이나 피해의식,
혹은 강박증이 만들어낸 산물일 수도 있습니다.

누구나 타인에게
존중받고 사랑받고 인정받고 싶은 본능이 있기에
그 욕구가 제대로 충족되지 않을 때
방황하고 고통스러운 심리 상태에 빠지게 되는 것입니다.

지금 소개하고자 하는 사례 역시 마찬가지인데
서른 중반쯤부터 심한 의처증 증상을 보이기 시작한 아버지로 인해
결혼을 한 이후에도 그로 인한 정신적 충격과 공황 상태를
가끔 경험한다는 30대 주부가 부모님을 모시고 왔습니다.

할아버지는 자신이 얼마나 부인을 사랑하는지에 대해
피를 토하는 심정으로 절규하듯 고백했으며,
아내인 할머니는 입을 다문 채 말씀이 없었습니다.
세상만사 말해보아야 아무 소용이 없다고 체념한 듯
표정이 없는 얼굴로 할머니는 할아버지를 바라보았습니다.

할아버지는 할머니가 구체적으로
누군가와 바람을 피우는 장면을 목격했다면서
여러 가지 정황을 줄줄이 말씀하셨지만
할머니는 역시 묵묵부답이었지요.

할머니께 뭐라도 좀 말씀을 해보시다고 하자
"말해보았자 남의 눈에 우스운 사람만 될 것"이라며
한숨만 내쉬었기에 할아버지를 잠시 밖으로 나가시게 하고
할머니와 함께 이야기를 나누었습니다.

할머니의 소망은 그냥 어서 이 세상을 뜨는 것이라고 했습니다.
젊어서도 힘들었지만 나이 들어서까지
이런 생활을 한다는 것이 아들 며느리 보기도 부끄럽고
사위나 딸에게도 민폐를 끼치는 것 같아
자신의 삶 자체가 부끄럽다고 합니다.
어서 죽어서 다음 세상에 태어나
그때는 맘 편하게 한번쯤 살아보고 싶다고 합니다.
살아오신 세월을 공감해드리자
할머니는 갑자기 하염없는 눈물을 흘리십니다.
그리고 힘겹게 말문을 열었습니다.

신혼 시절 할아버지는 참 자상하고 착실한 남편이었다고 합니다.
그러다 서른 중반에 직장에서의 사고로 인해
다리를 심하게 다친 적이 있었는데,
그때 몇 년 동안 다리를 제대로 쓰지 못하시게 되면서

성격이 점점 난폭해지기 시작했다 합니다.
하루 종일 집 안에 갇혀 지내시는 할아버지를 위해 할머니는
극진하게 간호를 하고 재활치료를 도왔다고 합니다.
재활치료를 돕는 과정에서
이웃집 어느 지인의 도움을 받아 병원을 다니기도 하고
때로는 그분께 할아버지를 맡기고
잠시 바깥일을 보기도 했답니다.

그런데 그때부터 할아버지는 그 지인분께 역정을 자주 내었으며
고마운 마음에 식사라도 대접한 후에는
며칠씩 할머니를 들볶기 시작했지만
설마 그것이 의처증의 시작이 되리라고 생각하지 못했다 합니다.
그후 긴 세월이 지나면서 할아버지는 거의 회복이 되셨지만
다른 사람으로 변해 있었다고 합니다.
직장생활도 제대로 하지 못해 여러 직장을 전전하기도 했고
신체적으로 약한 상태여서
예민한 성격을 드러내는 일도 잦아졌다 합니다.
설상가상으로 경제적인 어려움까지 겹치면서
할아버지는 온갖 구실로 할머니에게
폭언과 폭력을 행사하기 시작했습니다.

처음에는 너무 어이가 없어 덤벼들기도 했지만
그럴수록 일은 더 커지고 집안 부끄러운 일 같아서
어느 순간부터 입을 닫고 살기로 작정했다고 하십니다.
때리면 맞고, 욕하면 들으며
그냥 하루하루를 그렇게 지내신다고 합니다.
처음에는 할아버지가 불쌍해서 이해하려 했지만
지금은 그런 마음마저 사라진 지 오래라고 합니다.

할아버지의 말씀은 또 다릅니다.
할머니가 언제부턴가 자신을 무시하고
다른 사람과는 이야기도 잘 나누고 좋은 낯이지만
정작 남편인 자신에게는 쌀쌀맞게 대할 뿐만 아니라
늘 무시해서
자신은 너무나 오랜 세월을 억울하고
분한 마음을 참고 누르고 살아왔다고 하십니다.

이분들의 상담은 시간이 지남에 따라
서로의 마음을 적나라하게 노출시키고 상처를 드러냈습니다.
천천히 마음의 문을 열기 시작한
두 분 덕분에 다행히

화해와 이해의 장이 만들어졌습니다.

사람이 한 사람을 이해한다는 것은
생각보다 어렵고 힘겨운 일 같지만
때로는 참 쉬운 일이기도 함을 다시 한 번 돌아본 계기였습니다.

우리는 누구나 행복하게 살아야 할 것이기에….
삶은 소중한 것이기에….

딸아,
네가 있어 아빠는 참 행복하단다

사랑하는 딸아
꽃피는 것을 보아도
푸른 하늘을 보아도
네가 참 그립다.
맨해튼과 서울은
통화를 해도, 메일을 주고받아도 아쉬운 거리구나.
전화라는 것이 생각보다 참 제한적이구나.
얼굴을 보며 표정 속에 드러난 온갖 메시지를
우리 함께 나눌 수 있다면 얼마나 좋을까?

어른이 되어간다는 것이 생각보다 어렵지?
새로운 일을 시작하고 펼쳐가느라
밤잠을 설치고
몸살이 났다는 너의 이야기를 들으며

고단할지도 모를 너의 날갯짓을 생각해본다.
나도 네 나이였을 때
성인이 되면 내가 마음먹은 일들이
저절로 이루어질 줄 알았지.
그런데 삶이 그렇지가 않더라.
매 순간 선택이 필요하더라.
늘 생각해야 하고, 생각대로 행동해야 하고,
옳고 그름을 고민해야 하고,
내 생각뿐 아니라 다른 이의 생각도 고려해야 하니
삶이 참 쉽지 않지?

시작하는 마음이 힘들겠지만
우리 너무 욕심 부리지 말고
천천히 가자.
달리고 뛰는 사이 놓칠 것들을 생각하며
느리더라도 천천히 가자.
동서남북을 돌아보고
하늘도 보고 땅도 보고
지나가는 바람소리도 들으면서
느긋하게 가자꾸나.

일상적인 이야기를 편하게 나누려 해도
네 마음이 바빠지면 잘못 이해하는 일도 많더라.
그래서 같은 공간에서 소통한다는 것이 귀한 것이겠지.

너희가 어릴 적에는 성인이 되면
부모의 몫도 마무리될 줄 알았는데
살아갈수록 순간의 역할이 다르구나.
내 눈에 너는 늘 고사리손 아기라고 여겨져
때때로 내 품에 있을 때의 방식으로 소통하고 있으니
다 큰 자식의 입장에서 가끔은 답답하기도 하겠지.
좋은 부모가 된다는 것이 끝없는 과정임을 깨닫는다.

너도 잘 알다시피 요리에 관심이 많은 엄마는
날마다 텔레비전 앞에서 요리 프로그램을 본단다.
어쩌다 곁에서 같이 보다보면
요리가 우리네 삶과 참 많이 닮았다는 생각이 든다.
음식을 만들 때 보면
식재료를 데치고 끓이는 과정이 참으로 중요해서
적절한 타이밍을 놓치면 너무 물러지기도 하고
설익은 음식이 되기도 하고

양념 한 스푼이 맛을 좌우하기도 하더구나.
우리의 하루도 요리를 하듯이
정성스러운 마음으로 하루를 살면 좋겠다.
집중해서 물을 끓이고 데치고
소금과 설탕이 들어가야 할 순서가 있듯이
우리의 생각과 행동도 적절한 타이밍이라는 것이 있더구나.

밥을 태운 실수는
다음번 우리가 다시 밥을 태우지 않게끔 하고
한 번쯤 간장을 많이 넣은 실수는
다음부터는 짜지 않게 양을 조절하는 법을 배우게 하지.

사랑하는 딸아,
무엇이든 배우는 것이라 여겨보자.
실수나 실패는 고마운 스승이라 여겨보자.
많은 실수는 많은 깨달음을 준다는
평범한 교훈을 잊지 말자.

모든 것은 과정이란다.
급하게 뛰지 말기를 바란다.

사람은 나날이 성숙해가는 시간선 안에 머물고 있단다.

이미 네가 다 알고 있겠지만

다시 한 번 들려주고 싶은

아빠의 마음을 읽어주었으면 좋겠다.

언성을 높이지 않고
마음의 물결이 높아지지 않도록 조절하면서
아이의 마음의 소리를 들으려 애쓰는 것은
참 어려운 일이지만
정말 귀한 일입니다.
함께 터놓고 서로 바라보는 마음이 되면
꽁꽁 얼어붙은 마음도
지독하게 엉킨 매듭도
쉬 풀어집니다.

아들아,
네 꿈과 행복은 너의 책임이란다

어버이날입니다.
카네이션이 부모의 가슴마다 찾아오는 날이지요.
꽃을 달아드릴 부모님은 안 계시지만
꽃을 달아주는 자식이 곁에 있습니다.

자식으로 살아가는 일과
부모로서 살아가는 일이 얼마나 다른지 깨닫습니다.
부모가 되어 아빠라는 이름으로
태어난 자식들을 바라보는 일이
얼마나 거룩하고 숭고한 일인지.
무거운 의무와 책임 더미에도
행복이 무엇인지, 감사가 무엇인지
주고 또 주어도 아쉬운 사랑이 무엇인지를
나날이 배우게 됩니다.

아내는 가끔 자식을 키운다는 것은
도를 닦는 일과 같다고 농담처럼 말합니다.
자식을 키우면서
하느님의 마음을 읽기도 하고
끝없는 인내를 배우기도 하지요.
좋은 부모가 되는 일 만큼
좋은 자식이 되는 일도 마찬가지가 아닐까 싶습니다.

어젯밤 스물일곱의 아들에게 편지와 카네이션을 받았습니다.
가슴이 뜨겁고 뭉클해서 아들 녀석을
가만히 오랫동안 안아주었습니다.
작은 편지지에는 아들의 진솔한 마음이 담겨 있었습니다.

"부모님 전상서.
엄마 아빠, 어느덧 제가 스물여섯 해를 살아오면서
보내는 어버이날입니다.
작년에 이렇게 편지를 쓴 기억이 또렷한데
일 년이라는 세월이 가는 속도가 너무 빠릅니다.
최근에 미국 인터넷 사이트에서
'어머니들에게 묻습니다. 정말 원하는 선물이 무엇인가요?'

라는 질문과 그 글에 달린 댓글들을 읽었어요.
대부분 다 꽃이나 선물 이야기일 것으로 생각했는데
의외로 가장 많이 달린 댓글은
'우리가 존재한다는 것을 잊지 말고 우리와 시간을 보내다오.'
라는 맥락의 글이었어요.
그걸 보고 참 많은 생각이 들었습니다.
회사 부장님께서는
아침마다 아이들에게 수학을 가르쳐주신다는데
잘 못 알아들으면 혼내고 싶다가도
'얘가 커서 나랑 안 놀아주면 어떡하지?'라는
생각이 든다고 하십니다.
그럴 때마다 아내에게 더 잘해준다고 하셨어요.
엄마와 아빠가 계셔서 얼마나 감사한지 모르겠습니다.
두 분과 함께하는 시간이 제게 얼마나 소중한지를
엄마 아빠께서 제 삶에 얼마나 큰 부분인지를
표현해야겠다는 생각이 들었어요.
더 많은 것을 표현하는 좋은 아들이 되고 싶습니다.
진심으로 저로 인해 더 많이 웃을 일이 생겼으면 합니다.
어릴 적에는 뭔가 도달해야 하는 다음 목표가 있었고,
그 목표에 도달함으로써 인정받고

즐거움을 드리는 것에 의존했었습니다.

지나고 나니

제가 얼마나 작고 초라한 아들인지를 느끼게 됩니다.

그리고 어쩌면 부모님을

초라하게 만들지는 않았는지 돌아보게 됩니다.

그래서 죄송한 마음이 큽니다.

앞으로는 더 많이 웃으실 수 있고

축하받을 일이 더 많아질 수 있도록

하나뿐인 누나와 예쁜 강아지 빌리와도

더욱더 사이좋게 지내고

항상 발전하려고 노력하는 분별 있는 아들이 되겠습니다.

더 많은 시간을 함께하겠습니다."

가족,
함께 이야기할 수 있어 참 다행입니다

어릴 때의 자식은
부모 말에 순종하고
부모의 기쁨이 됩니다.
부모님 말씀을 잘 듣는 착한 아이는
부모에게 큰 기쁨을 주는 존재로 생각되지요.
어린아이일 적 부모와 자식 관계는
희망이 있기에 참 평화롭고 기쁨으로 커갑니다.

그러나
청소년기를 지나 성인이 되어가면서
자녀는 부모의 가치관과 충돌하고
부모의 훈계나 삶의 철학에 반기를 들기도 합니다.
내 마음에 드는 것보다
내 마음에 들지 않는 것이 더 많아집니다.

다 큰 자식과 옥신각신하면서
부모는 아이에 대한 배신감으로 절망에 빠지고
자식은 부모가 부담스럽고 원망스러워집니다.
안타까운 이 간격은
어쩌면 소통의 부재 때문이 아닌가 싶습니다.
서로의 뜻을 전달할 때마다
생각이 다른 모서리를 부서지지 않게 설득하는 방법과
이해하고자 하는 인내가 모자라게 되면
서로 상처를 안고
등을 돌리게 됩니다.

소통의 기술은 생각보다 힘들고
제대로 소통을 한다는 것은
인내를 필요로 합니다.

어젯밤, 다 큰 아들 녀석과 긴 이야기를 나눈 아내는
잘 알고 있다고 생각했던 아들의 마음에서
미처 헤아리지 못하고 있었던 부분과
그 녀석의 삶의 방식을 새롭게 발견했다고 합니다.
일방통행의 소통이 아닌

쌍방통행의 소통은
참 어려운 일임을 깨달았다고도 합니다.

언성을 높이지 않고
마음의 물결이 높아지지 않도록 조절하면서
아이의 마음의 소리를 들으려 애쓰는 것은
참 어려운 일이지만
정말 귀한 일입니다.
함께 터놓고 서로 바라보는 마음이 되면
꽁꽁 얼어붙은 마음도
지독하게 엉킨 매듭도
쉬 풀어집니다.

함께 이야기할 수 있어서
참 다행이라는 마음으로
풀어나갈 수 있으면 참 좋겠지요.

가족이라는 이름으로
우리가 됩니다

어머니의 태몽으로
내가 이 세상을 시작한 것처럼
내 아이들은 나의 태몽으로 내게로 와
바닷가의 모래알만큼이나 수많은 인연에서
가족이라는 이름으로 함께 살아갑니다.

아침, 저녁 밥상머리에서 만나고
저녁 잠자리에서도 만나고
전화기를 통해서도
전자메일을 통해서도 만나며 살아갑니다.

제 어미 배 속에서부터 꼬물꼬물 몸짓하던 아이들이
노오란 병아리가 배내털을 갈아가며 커가듯이
내 무릎 아래서 나를 쳐다보던 여린 눈빛은

어느새 나보다 더 큰 키가 되어 나를 내려다봅니다.

기적이라는 말을 하다보면
옹기종기 모여 사는 집집마다의 풍경이 떠오릅니다.
어디선가 말없이 기다리다
때가 되어 저절로 모인 가족이란 이름에는
엄마도 있고 아빠도 있고,
할머니와 할아버지, 아들과 딸이 있습니다.
허물이 말없이 덮어지고
아픔이 조건 없이 받아들여지는 곳,
때때로 서로를 향한 욕심에
부딪치고 깨지기도 하지만
그것마저 고맙고 감사한 세상 속 세상은
두 다리 시원하게 뻗고 잠들 수 있는 내 집이지요.

그곳에서 세상을 배우고
사람의 도리를 배우고
사랑을 본받으며
숭늉 같은 세상을 느껴갑니다.

서로에게 기대어 온기를 느끼고
서로에게 기꺼이 내 어깨를 내어주는 곳,
그 소중한 보금자리를 돌아보며
말로도 글로도 표현하기 부족한 고마움을 느낍니다.
집이란 모든 상처가 회복되는 평화의 공간이지요.

오늘은
멀리 있는 딸에게,
다정한 친구처럼 내게 귀 기울여주는 아들에게,
늘 내 곁에서 내 편이 되어주는 아내에게,
부모님 떠나신 자리를 대신 메워주는
예순이 넘은 누나에게
가슴 한 편의 사랑을 전해보려 합니다.

말로 하기 쑥스러워
편지를 써야겠습니다.
문자 메시지 한 통 보내야겠습니다.

이 세상 끝까지
아빠는 너희를 응원한다

복을 불러 봅니다.
복 들어오는 말을 해봅니다.
복된 마음으로 세상을 바라보면
마음에 얹힌 짐이 없습니다.
짐이 없어
가볍게 걸을 수 있지요.

복을 불러오는 말을 잘하는 사람들은
덕담을 하고
격려를 하고
응원을 하고
박수를 쳐주고
어깨를 다독여줍니다.

내 입에서 나오는 말들이
누군가에게 힘이 되고
기쁨이 되고,
용기를 주는 말이 된다면
나는 오늘 하루 동안
많은 복을 불러들인 것입니다.

"참 잘했네요."
"수고 많으셨네요."
"내 곁에 계시니 든든합니다."
"제가 배울 것이 많네요. 가르쳐주셔서 고맙습니다."
"내일도 부탁드립니다."
"이런 귀한 경험을 하게 해주셔서 감사합니다."
"뵙게 되어 진심으로 기쁩니다."

복을 불러들이는 가장 간단한 방법 중 하나는
내 입에서 나가는 말 속에
복을 담는 것입니다.
복은 나눔을 통해 내게 다시 돌아옵니다.

오늘 아침, 환한 햇살을 보면서
마음속으로 그리운 사람 몇을 떠올려
혼자서 중얼중얼 그들을 향해 복을 전해봅니다.
내 소리가 그에게 들리지는 않겠지만
퍼져 나간 복된 기도는
향기처럼 바람결로 다가가
모두를 행복하게 할 것입니다.

서두르지 마세요,
우리 천천히 가기로 해요

잠깐만요
우리 천천히 가기로 해요.
아무리 급하다 해도
서두르지 마세요.

서둘러 먹는 밥은 체하기 마련이고
서둘러 걷는 걸음은 넘어지기 쉬우며
서둘러 하는 행동은 실수하기 쉽답니다.
서둘러 한 일은 마무리가 덜 되기 쉽고
서둘러 지은 밥이 설기 쉬우며
서둘러 만든 술은 풋내가 나기 쉽지요.

천천히 가다 보면
익어가고 깊어지고 넓어집니다.

대학을 졸업하고 세상을 보니
내 친구들은 좋은 직장에 터전을 잡아
나만 빼고 모두가 행복해 보인다는 사람들이 많습니다.
나만 혼자 세상의 외톨이가 된 듯한 마음이 들기도 하지요.
그러나 나만이 아니라
나처럼 기다림과 인내와 긴장 속에서
급한 마음으로
무엇이든 붙잡고 싶어하는 사람들이 참 많습니다.

급해질수록 나는 작아지고
서두를수록 나는 초라해지고
마음이 앞서갈수록 나를 잃어간답니다.

살다보면 이런 시간도 있겠지.
이 힘겨운 시간 속에서
나는 무엇을 깨우치고
무엇을 얻을까?
그런 생각을 하다보면
내 마음에 여유가 깃들고

지루한 시간이 잠시 쉬어가는 고마운 시간임을
알아차리게 될 것입니다.

천천히 가도 된답니다.
삶은 하루아침에 모든 것을 이루어주지 않기에
한 페이지 한 페이지를 넘기면서
다음 장에서 읽어갈 내 삶의 모습을
찬찬히 들여다보며 즐겨도 좋겠습니다.

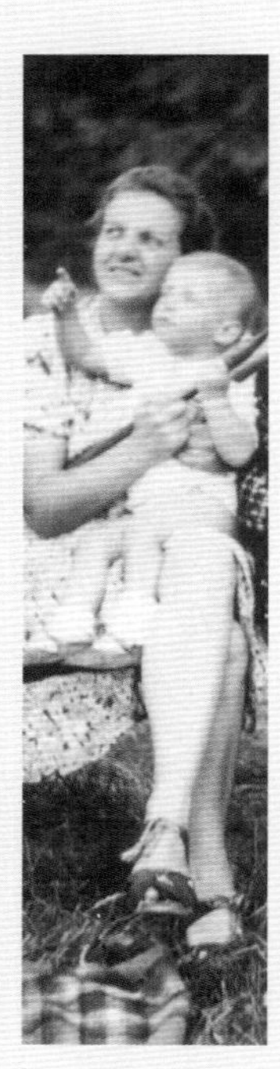

7

세상에서 가장 아름다운 선물, 가족

하루를 보내며
나는 무엇을 두려워하고 무엇을 피하고 싶어하는지
생각해보아도 좋겠습니다.

마음을 나눌 수 있어
참 소중한 가족입니다

그 사람이 참 밉다고 합니다.
그렇게 하지 말라고 부탁했는데도
나 보란 듯이
하란 짓은 안 하고
하지 말란 짓만 골라가며 하는 사람….
육십이 넘은 아내는 그런 남편이 밉답니다.

아들 녀석들도 모두 마찬가지라고 합니다.
옷가지 하나 챙겨 입는 것부터
사람들 만나서 이야기 나누는 것까지
남의 마음 헤아리지 않고
뭐든지 자기 맘대로 하는 것이 참 밉다고 합니다.
밖에서는 남에게 싫은 소리를 들어도
허허허 웃고 마는 속없는 남편은

집에서는 호랑이가 되고 사자가 되니
더 밉고 보기 싫다고 합니다.

세상살이에는 아무래도 여자 눈이 밝아
안사람 말 들으면 후회도 실패도 없을 텐데
날마다 저 맘대로 하다가 엎어지면서
다시 같은 짓만 골라가며 실패하는 사람,
갖다 버릴 수도 없고
어느 구석에 처박아 닫아버릴 수도 없는 그 사람이
너무 미워 화병이 난다 합니다.

애물단지가 따로 있는 것이 아니라
내 집 안에 내 가슴에 있구나 싶어
한숨이 절로 나고, 눈물도 절로 나서
모든 것이 심드렁하고 재미가 없다 합니다.
장가든 아들도 밉고
코골며 잠든 남편도 싫고
세상 모두가 나보다 행복해 보이니
온 세상이 잿빛이라 합니다.

재미없는 세상 살아가려니
어깨가 천근인데
돌아보니 모두 짐 벗어놓고
하하 호호 웃으며 잘사는 듯 보여
나만 힘들고
나만 무겁고
나만 제자리인 세상살이가 야속하다고 합니다.

나와 같은 하늘 아래 있는 이분에게
격려와 용기,
응원과 따뜻한 한마디를 건네주세요.
마음의 짐을 나누어주세요.

오늘 하루,

내 입에서 나오는 모든 말이

덕담이 되고

누군가에게 힘이 되는

좋은 말을 하는 하루가 되길 소망합니다.

함께 또는 홀로,
그렇게 흘러가는 것입니다

나만 홀로 애써 노력해도
사람과 사람 사이의 일은
제대로 풀리지 않는답니다.
서로 노력해야지요.
부모와 자식도 서로 노력해야 하고
아내와 남편도 서로 노력해야 하고
선생님과 학생도 서로 노력해야 하며
친구와 친구 사이도 함께 노력해야지요.

일방적인 사랑과 노력은
한쪽을 지치게 하고
긴 시간이 지나면 서운함이 됩니다.

하지만 한쪽에서 무심할 때는

마음을 비우고 고요히 나를 지켜보는 일도 필요합니다.
나의 노력 자체가
행복하고 즐거운 일이며
계산 없이 담백하고
갈증을 해소하는 생수처럼 시원한 일이라면
나의 노력은
의미를 갖는 즐거운 작업이 됩니다.

누군가에게 봉사를 하는 마음이 그러하고
어린 강아지를 돌보는 마음이 그러하고
싹에서 돋아 나오는 푸른 잎새와의 만남이
기쁘고 즐거운 에너지를 주지요.

함께 가야 할 길은 함께 가되
때때로 홀로 나의 그림자를 밟으며
하늘과 바람을 맞으며
걸음 걸음을 세어보는 일도
의미 있는 일이 될 듯합니다.

혼자서, 여럿이서….

휴대전화가 앗아간 가족사랑, 스마트폰이 밉습니다

"휴대전화가 없었으면 좋겠습니다.
전화 때문에 싸우고
문자나 메시지 때문에 오해가 생깁니다."

"인터넷이 없는 세상이면 좋겠습니다."
게임중독을 겪는 아들딸을 두고
한숨을 길게 내쉬며
자녀의 심리치료를 원하는 부모님들의 말씀입니다.

그리 오래지 않은 과거에는 상상도 할 수 없었던 일들,
휴대전화의 발달이 상상을 초월하고
온라인 세상이 오프라인 세상을 밀어내고
곳곳에 설치된 CCTV가
비밀이 없는 세상을 만들고 있습니다.

무심코 한 말들이 나도 모르게 녹음이 되고
생각 없이 간 장소에는
나의 행적이 말없이 기록되어 있습니다.
전화기 속에 담긴 나의 정보는
내가 어떤 사람인지 금세 드러냅니다.

전화기에 의존하니
어디서도 심심하지 않고
어딜 가더라도 대화가 가능합니다.
그러니 꼭 나눠야 할 대화뿐만 아니라
남의 이야기도 하지 않아도 될 나의 이야기도
어렵지 않게 하게 됩니다.

어쩌면 너무 많은 말을
휴대전화에 하며 살지는 않는지…
너무 많은 메시지를 주고받고
그로 인해 오해와 아픔을 만들지는 않는지….

디지털 세상이
더 많은 오해와 더 많은 싸움을 만듭니다.

나를 진지하게 들여다보고
내 안을 채워가는 시간은
점점 줄어만 갑니다.
전화기가 내 손에 가까이 있을수록
가벼운 중독 속에서 나는
나의 온전한 자유로부터
점점 더 멀어집니다.

언젠가 전 휴대전화를 분실하고 주말을 보낸 딸을 보며
편리함이 주는 속박에 대해 생각이 많아졌습니다.
내 마음은 휴대전화 없이 살아보라고 하고
내 현실은 그렇게 하기 힘들 거라고 말합니다.

조금씩 멀어져보는 연습을 해야겠습니다.
불편함이 주는 즐거움을 느껴야겠습니다.

바로 다가서야
오해가 없습니다

그 사람에게 하고 싶은 말은
그 사람에게 다가가 해야 하고
반드시 다가가서
정성껏 내 마음을 전해야 함을 다시 깨닫습니다.

누구나 자신의 이야기를
남의 입을 통해 듣기를 원치 않으며
더구나 그 말이 내가 원치 않는 말일 때는
마음이 서운해지고 아쉬움이 남습니다.
좋은 이야기도 전해지는 과정에서 탈이 나기 쉽고
자칫 부정적 이야기는
한 바퀴 돌아 내게 오는 동안
사실과 달리 덧붙여지고 포장되어
전해지기 쉽습니다.

가장 가까운 가족들끼리도 그렇습니다.
아들이 엄마에게 한 이야기가
남편에게 전달될 때는 조금이라도 달라지고
딸이 엄마에게 한 이야기도
엄마가 아들에게 다시 전할 때는 색깔이 달라집니다.

그 자리에 있지 않은 사람에 대한 이야기는
가능하면 삼가야겠구나 싶습니다.
아무리 가까운 사이여도
아무리 좋은 의도로 말한다고 해도
그 사람이 없는 자리에서는 말하지 말아야겠구나 싶습니다.

내 눈을 보며 하는 이야기는
통해서 듣는 이야기보다는
내용이 어떠하든 소화하기 쉽습니다.
그리고 그것은 그 사람에 대한 배려가 됩니다.

오늘 하루,
내 입에서 나오는 모든 말이

덕담이 되고

누군가에게 힘이 되는

좋은 말을 하는 하루가 되길 소망합니다.

거절을 견디는 것도 힘입니다

스물여섯 아들은 자신이 꼬꼬마였을 때의 일에 관심이 많습니다.
아들과 아빠의 조용한 시간이 허락되면
어김없이 이렇게 물어옵니다.
"아빠, 저 어렸을 적 일 중에서 가장 기억나는 게 뭐예요?"

그 대답을 할 때마다 제 가슴은 조금씩 설렙니다.
시간의 퇴행이 이루어지고
저도 금세 30대의 아빠가 되어 행복한 마음으로
꼬꼬마인 아들을 바라보게 됩니다.

아들 녀석은 유난히 무안을 잘 탔습니다.
가끔 울음을 터뜨릴 때는 누군가에게
거절을 당하거나 무안을 당하는 경우였지요.
어른들이 장난삼아 놀리거나

그 녀석이 떠는 재롱을 모른 척하거나
아껴 먹던 과자를 건네주는데 싫다고 하면
어김없이 커다란 눈물을 떨구었습니다.
그러면 가까운 친척들은
귀엽고 재미있어서 그 녀석을 더 많이 놀려대곤 했습니다.

그 이야기를 들려준 어느 날,
놀랍게도 아들 녀석이
어릴 적 그 일들을 정확히 기억하고 있음을 알게 되었습니다.
아들 녀석은
'난 왜 이리 거절과 무안에 민감할까?'라는 질문을
스스로에게 무수히 던지며
그런 감정에서 벗어나려고 엄청난 노력을 했다 합니다.
그래서 지금은 누가 뭐라고 해도
그럴 수도 있다고 생각하며 받아들일 수 있고
자신 또한 거절을 해야 할 상황이 생기면
거절할 수밖에 없는 자신의 입장을 잘 설명하고
상대편이 무안하지 않게 거절하는 힘이 생겼다고 합니다.

우리는 누구나 자신이 거절당하고 외면당하는 것에 대해

공포와 불안, 그리고 좌절과 상처를 경험합니다.
하지만 나 역시 거절하는 입장에 설 수 있고
의도하지 않은 상처를 줄 수도 있음을 돌아봅니다.
거절당함에 대해서도 어느 정도 굳은살이 필요합니다.
불편한 마음을 스스로 털어낼 수 있는 태연함도 필요합니다.
'그럴 수도 있구나….' 하고 다시 보면
정말 그럴 수 있더군요.

하루를 보내며
나는 무엇을 두려워하고
무엇을 피하고 싶어하는지 생각해보아도
좋겠습니다.

오늘밤 아들딸에게 편지를 씁니다

자식이라는 행복한 이름으로 다가와준 너희와의
지극한 인연의 출발이 어디서부터인지 모르겠지만
하늘이 도운 행운으로 우리는 부모가 되었구나.

생각해보니 부모가 된 우리는
커다란 나무의 모습으로 살아가는 게 좋겠다 싶다.
바람이 불면 흔들리고
밤이슬을 맞으면서 어둠을 지켜내고
비바람 불어올 때는 겸손히 잎을 떨구는 나무처럼
깊이 내린 발끝으로 수액을 빨아올리며
잎을 피우고 꽃을 피우는 봄날을 기다리는 나무처럼
한곳에 깊이 뿌리 내린 푸른 나무의 모습으로
그런 부모의 모습으로 살아가고 싶어진다.

너희는 바람으로 살면 좋겠다.
거침없는 바람처럼 자유롭게
산으로 바다로 흘러가고 흘러와서
내 곁에 머물다 떠나도 좋겠고
먼 길 가느라 고단할 때면 돌아와 쉬어도 좋겠다.

바람은 막힘이 없고
바람은 오르고 내림에도 거침이 없으며
바람은 흩어지고 모아지기도 자유로우니
우리가 바람이 되어 끝없이 너희를 따라다니며
노심초사 간섭하는 부모가 되기보다는
너 홀로 거침없이 넘어졌다 일어났다
너 홀로 거침없이 밤하늘의 별을 우러러 보며
뜨거운 한낮의 열기를 온몸으로 받아내며
홀로 굳건히 깊어짐을 지켜보고 싶어진다.

사랑하는 나의 아이들아
너희가 우리의 자녀가 되었듯이
너희 또한 부모가 되는 날이 오리니
그날 바람으로 불어가던 그 옷은 벗어두고

아낌없이 주는 나무의 모습으로
너희의 몫을 지켜가면 좋겠다.
그리하여 세상은 언제나 든든한 풍요를 그리겠지.

사랑하는 아들딸아,
엄마 아빠는
아낌없이 주며 행복한 나무의 모습으로
언제나 기다리는 마음으로
그 자리에 오래오래
영원히 서 있음을 기억해주길….

지금 내가 서 있는 이 자리는

참 고마운 자리입니다.

아프면 아픈 대로

슬프면 슬픈 대로

그냥 이순간이 주는 깨달음에 충실하다보면

번개처럼 찾아오는 평화 속으로

깊이 들어가게 될 테지요.

고통은 우리 마음속에 그렇게 가시처럼 있습니다

사람이 고통을 느끼는 증상은
참으로 다양하고 안타깝습니다.

자신의 키가 너무 작아 사람 같지 않다고 믿는 분
자신의 입이 너무 못생겼다고 늘 마스크를 착용하는 분
스트레스를 받을 때마다 머리카락을 뽑는 분들
긴장하면 소변을 보지 못하는 분
윗사람과 말할 때마다 떨리는 목소리를 가지신 분
불편한 사람과 함께할 땐 떨려서 수저질을 못 하시는 분
손을 씻고 또 씻어 피부가 벗겨져도 멈추지 못하는 분
제대로 잠들지 못해 온밤을 뒤척이는 분

늘 남이 나를 보고 있다고 생각하시는 분
자신의 치부를 누군가가 알고 있다는 생각에 사로잡힌 분

끝없이 남편이나 아내가 의심스러워 괴로운 분

사소한 일에도 화가 폭발하는 분

밤낮 없는 성욕에 시달리는 분

눈만 뜨면 마음이 도박판으로 달려가는 분

하루 종일 술 생각만 간절한 분

건강염려증으로 날마다 유언을 하시는 분

자신의 손이 못 생겨서 늘 주머니에 넣고 빼지 못하는 분

자신은 요직에 있는 어느 분의 자식이라는 착각에 시달리는 분

늘 바늘로 눈을 찌르는 것 같은 고통에 시달리는 분

옷을 입지 못하고 수시로 벗는 분

자신의 의도와 상관없이 입만 열면 욕이 쏟아져 멈추지 못하는 분

누군가가 늘 자신을 따라다닌다고 생각하시는 분

자신의 음식물에 독극물이 들었다고 걱정하는 분

음식만 먹으면 토해야 하는 분

돌아가신 가족이 늘 자기와 함께 있다고 믿는 분

사람의 마음속에는

너무 많은 것이 머물고 있는 듯합니다.

온갖 고통에 시달리는 무수한 분들의 삶에

부디

기쁨과 행복, 즐거움과 평화가 함께할 수 있기를

뜨거운 마음으로 기도합니다.

작고 사소한 일이 기쁠 때
기적이 일어납니다

어제 네가 전화를 걸어주어서 얼마나 기쁘던지
내가 망설이다 내민 손 잡아줘서 얼마나 기쁘던지
그렇게 기다리던 딸이 태어나서 얼마나 기쁘던지
군 복무 마치고 돌아온 아들을 보니 얼마나 기쁘던지
비쌀 줄 알았던 물건 가격이 생각보다 싸서 얼마나 기쁘던지
주유소 기름값이 내리니 얼마나 기쁘던지
월드컵 축구에서 우리가 이겼을 때 얼마나 기쁘던지
봄날 피어나는 첫 꽃을 만났을 때 얼마나 기쁘던지
네가 내 자식임이 얼마나 감사하고 기쁜 일인지
시험에 합격하니 얼마나 기쁘던지
내 손으로 돈을 버니 얼마나 기쁘던지
미루고 미루던 고해성사를 보고 나오니 얼마나 기쁘던지
설사를 하던 강아지가 된똥을 누니 얼마나 기쁘던지
어쩔까 고민하던 일이 절로 풀려가니 얼마나 기쁘던지

내가 그렇게도 갖고 싶던 내 차를 갖게 되니 얼마나 기쁘던지
우연히 거리에서 내가 좋아하는 노래가 들려 얼마나 기쁘던지
생일에 받은 꽃 한 송이가 얼마나 기쁘던지
체중계 위에 올라서니 체중계 저울이 내려가서 얼마나 기쁘던지
아침에 일어나니 어린 딸이 해주는 뽀뽀가 얼마나 행복하던지

사소한 일상 속에서
얼마나 기쁜 일이 많은지를 생각해봅니다.
소소한 기쁨이라 생각했던 것들이
생각할수록 커다란 기쁨이 되기도 하고
깊은 감사와 넉넉한 희망이 되기도 합니다.
마음속을 흐르는 기쁨들이
얼굴빛을 환하게 하고
음성을 부드럽게 합니다.

오늘 하루를 살면서
나를 기쁘게 하는 것들을 하나하나 찾아가며
적어보는 건 어떨지요?

하늘이 보내준 최고의 선물, 가족

날마다 그날이 그날 같은 시간은
우리를 지루하게 만들고
변화를 바라게 하지요.

하지만 어느 날
느닷없는 변화가 천둥처럼 찾아오면
갑자기 정신이 번쩍 들고
허둥지둥 놀란 가슴이 되어
지루한 일상을 그리곤 합니다.

다시 내 자리로 돌아오는 과정에서
우리는 무수히 잊고 있었던
반복적 일상에 감사합니다.
지루하고

답답하고
울적할 때도 있지만
그날이 그날 같아서 멈춰 서 있는 듯 보이지만
알고 보면 나는 날마다
보이지 않는 새 옷을 갈아입고 있었음을
뒤늦게 발견합니다.

날마다 내 몸의 무수한 세포가 사라지고 생겨나고
날마다 내 머리카락과 손톱 발톱이 자라면서
나는 어제의 내가 아님을 일깨워주지만
우리는 그것을 알아차리기가 쉽지 않습니다.

여행을 떠나는 것은
내 집이 주는 편안함을 깨닫기 위함이라고 하던가요?
집을 떠나 보면 평소에 느끼지 못했던
일상에 대한 생각이 새록새록 새로워지고
내 집이 제일이구나
고마움을 느끼게 된다는 것이지요.

지금 내가 서 있는 이 자리는

참 고마운 자리입니다.

아프면 아픈 대로

슬프면 슬픈 대로

그냥 이순간이 주는 깨달음에 충실하다보면

번개처럼 찾아오는 평화 속으로

깊이 들어가게 될 테지요.

『그래도 가족입니다』 저자와의 인터뷰

『그래도 가족입니다』를 출간하게 된 동기와 독자들에게 전해주고 싶은 메시지는 무엇인가요?

'가화만사성'이란 말의 의미는 우리가 아무리 사회적으로나 경제적으로 성공하고 남들의 존경을 받는다 하더라도 퇴색하지 않을 겁니다. 주변만 보더라도 가족의 화목이나 가정의 평화가 지켜지지 않는다면 애써 이룬 성공이나 사회적 명성까지도 한순간에 상실하게 됨을 흔히 볼 수 있죠. 심리상담 현장에서 만나게 되는 대부분 문제는 가족 간의 소통 부재, 가족으로부터 소외당하고 상처받은 경험에서 시작됨을 흔히 목격합니다.

특히 어린 시절에 부모에게 받는 상처나 관계의 문제는 한 개인의 인성이나 행동에 영향을 크게 미치며 날이 갈수록 심각해지는 청소년 문제 역시 그 근원을 따져보면 대부분 가족문제로 귀결됨을 알 수 있지요. 문제 가정은 문제아를 만들 수밖에 없다는 그 평범한 진리는 결코 새로운 것이 아닙니다. 문제 가정은 상담실에서 자주 만나게 되는 익숙한 것이기에 가족 간의 소통 문제를 좀더 심각하게 생각하고 되돌아볼 필요성을 절실히 느꼈지요. 그래서 저의 작은 메시지가 담긴 이 글들을 통해 세상이라는 바깥 울타리에서 아무리 힘들고 지쳐도 집과 가족 안에서 심신이 쉬어가고 위로받으며 격려받는 진정한 소통이 이루어지기를 바라는 마음, 그 마음을 전하고 싶었습니다.

보통 우리가 알고 있는 가족의 정의와 저자분이 내리는 가족의 정의는 어떤 것인가요?

A

사전적인 의미의 가족은 두 성인 남녀의 결혼으로 태어나는 자녀를 중심으로 혈연관계로 맺어지는 특별한 집단이라고 합니다. 하지만 제가 강조하고 싶은 것은 그에 덧붙여 정서 및 감정적 유대가 함께함을 의미합니다. 물리적인 유대 관계는 자연발생적인 것이지만, 정서적 유대는 서로의 노력이 필요하지요. 특히 그 노력에는 서로를 존중하고 인정하는 것이 필요합니다. 이것은 나의 정서와 다른 타인의 정서를 있는 그대로 수용하고 허용함을 의미합니다.

저는 가족에 대한 생각을 유별나게 많이 합니다. 그 이유는 사람의 마음이라는 것이 얼마나 중요한 것인가를 심리상담을 통해서 나날이 깨닫기 때문이지요. 결혼을 통해 이루는 가정과 가족은 일차적인 가족의 정의에 불과합니다. 나날이 서로 부딪치며 살아가는 마음과 마음이 제대로 흐르게 하고 쉬게 해 함께 행복을 찾고, 기쁨을 이루는 과정이 가정 혹은 가족의 이차적인 정의이지요.

Q **위기와 상실의 시대, 그래도 가족이 가장 중요한 힘의 원천이고 대안이라고 하셨습니다. 그 이유는 무엇인가요?**

A 인간의 삶은 엄마의 배 속에서 태어나 부모의 품에서 시작되지요. 조건 없이 사랑을 내어줄 수 있는 대표적인 예가 자식과 부모의 관계지요. 세상에 갓 태어난 아기는 아무리 무섭고 불안한 일이 있어도 엄마 품에 안기는 그 순간 모든 불안에서 벗어나게 되고 편안한 휴식을 취할 수 있게 됩니다. 아기에게 엄마와 아빠는 세상의 모든 것이며 가장 강력한 보호자 역할을 하지요. 특히 따뜻한 신체적 소통 경험과 다른 형제들과의 관계를 통해서도 그 무엇과 비교할 수 없는 큰 위로와 앞으로의 삶과 사회생활에서 꼭 필요한 건강하고 원만한 성격과 습관을 형성하게 됩니다.

그러한 경험은 건강한 자아를 형성하게 하는 원천으로 작용하며 높은 자아존중감과 자신감의 바탕이 되지요. 그러므로 가족의 힘은 우리 개인의 행복의 근원이 될 수 있으며 따뜻한 보호처가 될 수 있습니다. 그래서 가족은 가장 소중하고 축복받은 힘의 원천이 되지요.

사회가 빠른 속도로 노령화되면서 여러 가지 문제가 발생하고 있습니다. 위기의 고령화 가족 구조 내에서의 해법은 무엇인가요?

고령화의 가장 큰 문제는 생물학적인 부분이지만, 그에 못지않게 중요한 것이 바로 소외감과 외로움의 문제라고 할 수 있습니다. 늙는다는 것은 자녀와 후배들에게 자신의 자리를 모두 물려주고 은퇴를 해 뒷자리로 물러나 더이상 존재적 영향을 미칠 수 없음을 의미하지요. 이러한 상황에서 우리는 심각한 세대차를 경험할 뿐만 아니라 생활문화의 차이와 공통 관심사의 부재 등으로 인해 소통의 문제를 겪게 됩니다. 결과적으로 소외감과 외로움을 겪게 될 수밖에 없지요. 이러한 문제에 대한 해법은 단순합니다. 물리적으로 함께하는 시간을 가지는 것뿐만 아니라, 이해와 공감에 바탕한 심리적 소통을 활성화하는 것입니다. 물론 쉬운 일은 아닐 것입니다. 그래도 원만한 심리적 · 정서적 소통이 이루어진다면 고령화의 위기는 최소화될 수 있을 것이라고 믿습니다.

가족이 화목하게 함께하는 것처럼 힘의 원천이 되는 것도 드물다는 생각입니다. 화목한 가정을 위해 무엇이 중요할까요?

조건 없는 사랑입니다. 사랑은 조건이 없을 때 사랑으로 존재하지요. 가족이란 어쩌면 유일하게 무조건적으로 이해해주고 공감해주고 격려하고 존중해주는 그런 관계가 아닐까요? 내 아이가 비록

성적이 우수하지 못하고, 내 아이가 제대로 잘하는 것이 아무것도 없다 해도 그 아이는 그 존재 자체로 무한한 의미가 있다는 생각을 자주 합니다. 내 아이의 능력, 내 가족의 능력에 따라 더욱 사랑스러워하거나 미워해서는 곤란하다는 것이지요. 모든 사람은 존중받아야 할 가치가 있습니다. 모든 생명이 그러하듯이 말입니다. 그래서 격려받으며 가족들은 서로서로 자연스럽게 내적인 힘을 얻게 되고 충전하게 되는 것이지요. 모든 힘의 원천은 부모를 통해, 배우자를 통해, 자녀를 통해 서로 나누고 공유하는 것이지요. 그러한 힘으로 우리는 어떤 어려움과 힘겨움이 다가와도 쓰러지지 않고 극복해나갈 수 있게 되는 것이지요. 도전을 극복하게 하는 것은 사랑과 믿음의 힘이 있기 때문이지요

가족 간의 관계를 유지하고 발전시켜나가는 것처럼 어려운 일도 없습니다. 가족 간의 의사소통시 중요한 포인트는 무인가요?

사람은 누구나 자기중심적으로 생각하고 행동하기 쉽습니다. 그래서 상대방의 입장에서 배려하고 그 사람의 마음으로 생각하기란 쉽지 않습니다. 가족뿐만 아니라 사람과 사람이 제대로 된 소통을 하기 위해서는 나의 잣대로 상대방을 판단할 것이 아니라, 그 사람의 마음이 먼저 되어보는 경험이 중요하지요. 내가 가족들과의 눈높이, 혹은 이웃과의 눈높이를 제대로 맞출 수 있다면 생각보다 소통은 참 쉽게 열리게 됩니다.

Q **부부 간의 관계가 가족 행복에 매우 큰 영향을 미칩니다. 부부관계, 어떻게 하면 행복하게 지낼 수 있나요?**

A 부부는 서로 다른 성장 배경과 성격의 사람들이 만나서 평생을 함께하도록 인연을 맺은 사람들이지요. 그렇기 때문에 서로 다른 점이 많을 것입니다. 그래서 서로 스트레스를 주고받게 되지만 다시 돌이켜 생각해본다면 서로 차이점이 없을 수 없으며, 그것 또한 배우자의 본질 중의 하나로 인정하고 허용하고 존중한다면 서로에게 감사한 마음으로 살아갈 수 있겠지요. 그의 단점을 고치려 하기보다는 있는 그대로 허용한다면 나의 단점도 지적당하고 비판당하지 않게 되지요. 있는 그대로 사랑하기! 그것이 행복한 부부로 살아가게 하는 가장 중요한 출발이 아닐까 싶습니다.

Q **아빠와 아들, 아빠와 딸의 관계 맺기 역시 그 어느 때보다 아빠의 양육 참여로 관심을 받는 문제입니다. 아빠와 아이들이 행복하게 지낼 수 있는 방법은 무엇인가요?**

A 아이의 말을 경청해주기! 많은 아빠들은 아이의 말 들어주기를 힘들어합니다. 아이의 말을 듣다보면 아빠는 먼저 훈육을 하고 싶어 하지요. 아빠가 아이와의 유대를 강화하기 위해서는 아이가 자신이 하고 싶은 말을 끝까지 할 수 있도록 시간적 여유를 줘야 합니다. 그리고 아이의 말이 끝나면, "이러이러하고 저러저러해서 힘

들었구나." "아, 그게 속이 상했구나." "너는 그런 생각을 했구나." 하는 공감이 절대적으로 필요합니다. 어른으로서 아빠의 권위를 내세우면서 일방적으로 훈계하려 한다면 아이는 아빠를 부담스러워하게 됩니다. 좋은 아빠는 자녀와 함께 어울리면서 자녀를 하나의 인격체로서 존중하고, 자녀의 입장을 이해하고 공감합니다. 아빠는 자신의 응원자임을 알게 해주는 것은 좋은 방법이 되지요.

Q **엄마와 아들, 엄마와 딸의 관계 맺기 역시 관심이 높습니다. 엄마와 아이들이 행복하게 지낼 수 있는 방법은 무엇인가요?**

간섭하는 엄마보다는 아이의 의도를 먼저 생각해보는 엄마의 역할이 중요합니다. 모든 부모는 자신이 살아온 경험을 통해 내 아이의 시행착오를 줄여주려 하다 보니 아이 입장에서는 그 귀한 이야기가 간섭으로 인식되지요. 아이가 자연스럽게 스스로 시행착오를 통해 배움을 얻고, 아이가 가진 고유한 능력대로 잘 찾아가며 어른이 되어가도록 하기 위해서는 적당한 거리가 필요하다는 생각을 합니다. 인내심을 가지고 기다리고 말없이 아이의 편이 되어 지켜보아주는 것이 자녀에겐 가장 크고 든든한 힘이 될 것입니다.

자녀와 부모 사이의 갈등은 대부분 부모의 기대와 욕심을 투사하기 때문이며, 갈등을 줄이거나 해소시키기 위해서는 부모가 아이에게 갖는 기대를 내려놓을 필요가 있지요. 아이에게 스스로 할 수 있는 힘을 길러주며, 실수할 수 있는 권리와 함께 그것 또한 삶의 긴 과정에서 배우는 한 부분임을 가르쳐주십시오. 실패를 두려워하기보다는 극복할 수 있는 용기와 힘을 실어주어야 하지요.

가족 구성원들이 행복과 올바른 성장을 위해 잊지 말아야 할 메시지를 주신다면 무엇이 있을까요?

A 참 쉽고도 간단한 원리 하나, "난 네 편이야!"입니다. 부모가 자녀에게 너무 많이 가르치려 하지 말았으면 좋겠습니다. 너무 많은 것을 일깨우려 하지 말았으면 좋겠습니다. 아이 스스로 오답과 정답을 찾을 수 있는 시간과 여유를 주세요. 조급한 마음을 내려놓으면 아이도 부모도 행복해집니다. 부모는 무조건 내 편이라는 신뢰가 아이를 힘이 나게 하고 쓰러지지 않게 하고 춤을 추게 합니다.

스마트폰에서 이 QR코드를 읽으시면
저자 인터뷰 동영상을 보실 수 있습니다.

* 소울메이트(www.1n1books.com)에서 상단의 '미디어북스'를 클릭하시면 이 책에 대한 더욱 심층적인 내용을 담은 '저자 동영상'과 '원앤원스터디'를 무료로 보실 수 있습니다.

* 이 인터뷰 동영상 대본 내용을 다운로드받고 싶으시다면 소울메이트 홈페이지에 회원으로 가입하시면 됩니다. 홈페이지 상단의 '자료실-저자 동영상 대본'을 클릭하셔서 다운받으시면 됩니다.

불멸의 명상록, 21세기에 다시 태어나다!

아우렐리우스의 명상록

마르쿠스 아우렐리우스 지음 | 이현우 · 이현준 편역 | 값 13,000원

이 책은 또 한 권의 명상록이 아닌, 21세기에 완전히 다시 태어난 고전이다. 아우렐리우스의 인생철학을 보다 명확히 이해할 수 있도록 기존 『명상록』 의 12개 테마를 6개 주요 테마로 재분류하고, 77개 칼럼으로 완전히 재정리했다. 딱딱한 철학적 사고에 익숙지 않은 일반인들은 이 책을 통해 철인왕의 위대한 정신에 흠뻑 빠질 수 있도록 해준다.

허전하고 외로운 이들을 위한 위로와 공감

왜 나는 늘 허전한 걸까

조영은 지음 | 값 15,000원

내면의 허전함이 정신적 상처와 연결될 때 혹은 건강한 충만감을 찾는 방법을 모를 때, 마음속에 자리 잡은 결핍감은 우울증, 열등감 등 마음의 병으로 드러난다. 상담심리가인 저자는 마음의 병을 앓는 사람들을 치유했던 사례를 재구성해 소개한다. 공허한 이들과 진심으로 공감했던 치유과정을 흥미로운 이야기로 전하는 동시에 유용한 정보와 치료방법을 알려준다.

권력과 인간의 진실을 해부하다!

마키아벨리의 군주론

니콜로 마키아벨리 지음 | 김경준 해제 | 값 13,000원

불멸의 고전인 『군주론』 이 리더십의 정수를 꿰뚫는 인문서로 태어났다. 완독과 의미 파악이 쉽지 않았던 원문을 5개의 테마로 나누어 재편집했으며, 딜로이트 컨설팅 김경준 대표가 성실한 해제를 더해 완성도를 높였다있는 그대로의 세상을 이해할 자세가 마련되어 있는 사람에게 인간이 살아가는 현실에 대한 귀중한 통찰력을 주고자 한다.

인상적인 인상파 풍경을 걷다

인상파 그림여행

최상운 지음 | 값 17,000원

인상파 작품이 그려진 프랑스 각지의 매혹적인 장소를 찾아가서 그림을 되짚어보는 낭만 여행을 떠난다. 19세기를 살았던 인상파 화가들이 그린 매혹적인 프랑스 풍경은 지금 어떤 모습을 하고 있을까? 저자는 인상파 문화의 산실이었던 장소를 생생하게 묘사한다. 인상파 화가가 그림을 그렸을 19세기를 상상하며 글을 읽다 보면 마치 프랑스 도시를 직접 다녀온 것 같은 기분 좋은 착각에 빠져들 것이다.

남자의 내면을 이해하는 최고의 바이블!

그 남자는 도대체 왜 그럴까

런디 밴크로프트 지음 | 정미우 옮김 | 값 19,000원

이 책은 전 세계에서 100만 부 이상 판매되었고 독일, 일본, 중국, 태국 등 30여 개국에서 번역 출간되었다. 이 책은 학대하는 남자들의 내면으로 들어가는 문을 열어주었으며, 가학적인 남녀관계를 벗어날 수 있는 출구를 제시한 기념비적인 저작이다. 17년 동안 가정폭력과 학대하는 남자의 행동을 연구해온 미국 최고의 전문가인 저자는 정신적 · 육체적으로 여자를 학대하는 남자의 내면세계를 파헤치고 명쾌한 해결책을 제시한다.

엄마가 행복해야 아이도 행복하다!

엄마의 상처 떠나보내기

재스민 리 코리 지음 | 김세영 옮김 | 값 15,000원

늘 피곤해하고 화만 내는 엄마, 필요할 때 곁에 없는 엄마를 두었는가? 이 책은 어릴 때 충분한 사랑을 받지 못한 어른 아이들과 아이에게 충만한 사랑을 주고 싶은 엄마들을 위한 최고의 심리 지침서다. 저자는 엄마의 자리가 부족했던 사람들이 엄마에게 어떤 영향을 받았으며, 어떻게 해야 상처를 회복할 수 있는지 상세하고 친절하게 해법을 제시한다.

마음챙김으로 수줍음과 불안 치유하기

더 강해지지 않아도 괜찮아

스티브 플라워즈 지음 | 값 15,000원

적당한 수줍음은 신중함으로 받아들여지지만 지나친 수줍음은 타인과의 친밀한 관계 형성을 가로막기 때문에 문제가 되기도 한다. 미국의 저명한 심리치료사인 저자는 지나친 수줍음의 문제를 극복할 수 있는 마음챙김의 기술과 지혜를 소개한다. 이 책은 열린 마음으로 행복한 인생을 살고자 하는 사람들에게 도움이 되는 메시지와 훈련법들도 가득하다.

중독으로부터 회복에 이르는 길

어떻게 나쁜 습관을 멈출 수 있을까

프레드릭 울버튼 · 수잔 샤피로 지음 | 값 16,000원

나쁜 습관은 아무리 사소해보이는 것일지라도 삶을 황폐하게 만들 수 있다. 우리는 마약이나 술, 담배뿐만 아니라 쇼핑, 스마트폰, 온라인게임, 운동, 일, 성형, 종교 등 일상에서 즐겨하는 활동에도 중독될 수 있다. 이 책은 당신 삶이 중독으로 인해 서서히 병들어 가는 것을 막고 건강한 삶으로 돌아갈 수 있는 길을 제시한다. 풍부한 사례와 현실적인 조언, 전문적인 지식을 제시하는 해독제와 같은 책이다.

우리 문화와 자화상을 있는 그대로 보자!

정신분석으로 본 한국인과 한국문화

이병욱 지음 | 값 17,000원

이 책은 인간심리를 이해하는 유용한 도구인 정신분석으로 한국인과 한국문화를 분석한 역작이다. 저자는 우리의 역사 및 사회적 현상과 관련된 내용들을 분석적으로 탐색해 개인적?집단적 현상을 심리적으로 재해석하고, 그것에서 비롯된 다양한 문화적 코드를 읽어내고 있다. 이 책을 통해 왜곡된 우리문화와 자화상을 똑바로 볼 수 있게 될 것이다.

외상 후 스트레스 장애(PTSD)에서 벗어나는 법

내 인생을 힘들게 하는 트라우마

바빗 로스차일드 지음 | 김좌준 옮김 | 값 16,000원

신체가 외상 사건을 어떻게 처리하고 기억하며 지속시키는지부터 상처를 진실되게 마주하고 기억해내는 상세한 치유 과정에 이르기까지 트라우마 이론과 치유에 관한 모든 것을 담았다. 이론과 치유 현장 사이의 괴리를 좁히며 미국뿐만 아니라 전 세계에서 트라우마 치유의 대표적 베스트셀러로 자리매김한 책이다.

자기 자신과의 화해를 위한 철학카운슬링

진짜 나로 살 때 행복하다

박은미 지음 | 값 15,000원

인생은 자신이 깊이 빠져 있는 문제에 대해 어떤 태도를 취해야 할지 배우는 영혼의 진화학교다. 이 영혼의 진화학교에서는 자신의 마음을 들여다보고 진정한 마음의 주인이 되어야 비로소 '진짜 나'로 사는 행복을 누릴 수 있다. 이 책에서 저자는 심리학적 설명을 바탕으로 두고 철학적 성찰력을 통해 삶의 방향을 잡도록 조언해주고 있다.

새로운 풍경사진의 세계를 상상하고 담는다!

춘우 송승진의 풍경사진 잘 찍는 법

송승진 지음 | 값 18,000원

이제 풍경사진은 카메라가 있고, 인터넷으로 출사지를 검색하기만 하면 누구나 찍을 수 있다. 하지만 흔해진 만큼 아주 특별한 사진도, 풍경도 없어졌다. 이 책의 저자는 아름다운 곳을 찾아 찍는 것이 풍경사진이라는 생각에서 벗어나 자신만의 느낌과 개성과 이야기를 담는 노하우를 알려준다. 또한 생각과 상상을 달리하는 법을 알려줘 같은 곳을 찍어도 전혀 다른 사진을 담을 수 있도록 도와준다.

예술감상의 진입장벽을 허물어주는 가장 쉬운 입문서

예술감상 초보자가 가장 알고 싶은 67가지

김소영 지음 | 값 18,000원

저자는 단순히 문화예술계를 취재하면서 느낀 여러 단상을 늘어놓기보다는 어떻게 하면 관객이 더 생각의 가지를 뻗어 공연을 즐기도록 할 수 있을까를 고심하며 이 책을 집필했다. 장르별로 전문서적은 넘쳐나지만 예술 전반에 대한 책은 거의 없는 상황에서 이 책은 예술감상 초보자들에게 예술장르를 아우르는 가장 쉽고 재미있는 가이드북 역할을 할 것이다.

죽기 전에 한 번은 유럽의 미술관들을 찾아 떠나라!

잊지 못할 30일간의 유럽 예술기행

최상운 글 · 사진 | 값 16,000원

이 책에 나오는 미술관들은 감히 유럽의 수많은 미술관들 중에 가장 알찬 곳들이라고 말하고 싶다. 최고 수준을 자랑하는 미술관들은 거의 모두 다루고 있다고 해도 과언이 아니기 때문이다. 독자들이 책을 보면서 발걸음이 가볍고 여유 있게 즐거운 여행을 했으면 한다. 사진작가인 저자의 빼어난 사진을 감상하는 것도 이 책의 또 다른 별미다.

발칸반도와 동유럽으로 떠나는 다크 투어리즘!

낭만의 길 야만의 길, 발칸 동유럽 역사기행

이종헌 지음 | 값 19,500원

저자는 발칸반도와 동유럽으로 다크 투어리즘이라는 새로운 차원의 여행을 떠난다. 다크 투어리즘은 역사적 비극 및 재난의 현장을 찾아 자기성찰과 교훈을 얻는 여행이다. 세계의 대표적인 분쟁지역인 발칸과 동유럽으로 여행하는 사람들이 이 책을 통해 그곳의 아름다운 경치와 더불어 아픈 역사까지 함께 알고 가면 여행의 재미와 감동이 훨씬 더 커질 것이다.

보석처럼 빛나는 유럽의 변방 도시들을 찾아서!

유럽의 변방을 걷다

최상운 지음 | 값 17,000원

이 책은 고도의 발전으로 빽빽한 중앙부가 아닌 낯선 변방의 매력을 찾아보고 느껴보는 색다른 유럽 여행기다. 유럽의 변방 도시 19곳을 통해 유럽의 숨은 매력, 진정한 유럽의 모습을 비로소 만날 수 있을 것이다. 이 책에서는 한 나라의 수도나 중심도시가 아닌 이른바 지방, 주류가 아닌 비주류에 속하고 특유의 문화를 발달시킨 도시를 소개한다.

★ 소울메이트는 독자의 꿈을 사랑합니다.

마음을 다스리면 행복은 저절로 온다!

내 마음이 도대체 왜 이럴까

이현주 지음 | 값 14,000원

우리는 마음이 편치 않을 때 술을 마시거나 운동을 하지만, 그럼에도 불구하고 여전히 마음이 편치 않을 때가 있다. 이럴 때 이 마음을 어떻게 다스려야 할까? 심리학박사인 저자는 이 책에서 많은 사람들에게 고통을 안겨주는 대인관계, 감정의 다스림, 내면적 갈등, 일과 개인생활의 균형에 대해 아낌없이 조언하고 있다.

좋은 여자 콤플렉스의 굴레에서 벗어나라!

내 인생을 힘들게 하는 좋은 여자 콤플렉스

데비 포드 지음 | 최규은 옮김 | 값 14,000원

〈뉴욕타임스〉가 선정한 세계적인 베스트셀러 작가인 데비 포드는 여자 스스로 자신을 얽어매는 자학 패턴 너머의 세상으로 우리를 인도해준다. 두려움을 이기고 자신감 넘치는 인생을 살고 싶은 여성들, 자존감을 높이고 싶은 여성들에게 이 책은 변화의 촉매제가 될 것이다.

온전한 마음의 평화, 그것이 바로 행복이다!

내 마음의 평온을 찾다

캘빈 말로네 지음 | 박윤정 옮김 | 값 13,000원

이 책은 불안하고 혼란스러운 현대 사회에서 평온을 구하는 이들에게 전하는 치유의 메시지를 담고 있다. 휴식과 정화가 필요할 때 이 책은 큰 위로가 될 것이다. 집착이나 혐오 등 마음의 그림자에서 벗어나 마음의 자유를 누리는 것이 바로 평온임을, 나아가 마음의 평온과 안식을 얻을 때 진정 행복한 삶을 살 수 있음을 이 책은 말하고 있다.

강박사고와 강박행동을 다룬 세계 최고의 책!

더 완벽하지 않아도 괜찮아

크리스틴 퍼든, 데이비드 A. 클라크 지음 | 최가영 옮김 | 값 15,000원

이 책은 강박장애 환자들이 강박사고를 다스리고 정상적인 삶을 되찾기 위해 활용할만한 효과적이면서도 믿을 수 있고 실용적이기까지 한 전략들로 가득하다. 또 강박장애 극복 프로그램을 명료하면서도 체계적으로 설명하고 있다. 자기 의지와 상관없이 떠오르는 혐오스런 생각으로 괴로워하는 사람들이 강박장애를 극복하는 데 획기적인 도움을 제공할 것이다.

나를 사랑하지 못하는 사람들의 심리 처방!

더 사랑받지 않아도 괜찮아

파멜라 버틀러 지음 | 박미경 옮김 | 값 15,000원

이 책은 언제나 과도한 걱정과 부정적인 대화로 힘든 시간을 보내고 있거나, 자기 내면에서 나오는 부정적이고 왜곡된 목소리로 인해 고통을 받는 사람들을 위한 책이다. 이 책을 통해 자기 내면의 대화 내용을 인식하고, 현실적이고 긍정적인 방식으로 자기 대화를 바꿔나감으로써 좀더 행복한 삶을 누릴 수 있을 것이다.

나를 찾아 떠나는 마음여행

나도 가끔은 내가 누군지 궁금하다

김정수 지음 | 값 15,000원

나는 누구이고, 어떤 사람인가? 이 책은 이러한 물음들에 대한 원인과 심리학적인 처방을 담고 있다. 저자는 잃어버린 나를 찾아서 제대로 된 마음의 여행을 떠날 것을 당부한다. 마음여행의 핵심은 편협한 자아에서 벗어나 내면의 근원적인 존재인 자기를 느끼는 것이다. 자신에 대해 다시 한 번 생각하는 계기를 만들고, 자신도 몰랐던 자신을 알고 진심으로 이해할 수 있을 것이다.

영화를 통해 마음의 상처를 치유한다!

마음의 상처, 영화로 힐링하기

이병욱 지음 | 값 15,000원

이 책은 정신질환에 관련된 문제들, 그 내용 자체가 어렵거나 딱딱해 일반 독자들이 이해하기 어려웠던 문제를 영화로 쉽게 풀어내고 있다. 저자는 인간심리의 갈등적 측면이나 정신적 파탄에 이르기까지 매우 진지한 메시지를 던지는 걸작 영화들 속의 주인공들을 모델로 정신건강 문제를 대중적으로 다루고 있다.

스마트폰에서 이 QR코드를 읽으면
'소울메이트 도서목록'과 바로 연결됩니다.

독자 여러분의 소중한 원고를 기다립니다

★ 소울메이트는 독자 여러분의 소중한 원고를 기다리고 있습니다. 집필을 끝냈거나 혹은 집필 중인 원고가 있으신 분은 khg0109@hanmail.net으로 원고의 간단한 기획의도와 개요, 연락처 등과 함께 보내주시면 최대한 빨리 검토한 후에 연락드리겠습니다. 머뭇거리지 마시고 언제라도 소울메이트의 문을 두드리시면 반갑게 맞이하겠습니다.